원예반 소년들

옮긴이 오근영
일본어 전문 번역가로 국내에 알려지지 않은 일본 작가들의 작품을 많이 소개했다.《하룻밤에 읽는 신약성서》와《하룻밤에 읽는 숨겨진 세계사》《이상한 나라의 토토》《종이의 신 이야기》《내가 공부하는 이유》《르네상스의 미인들》《생명의 릴레이》들을 옮겼다.

ENGEI SHONEN
Copyright ⓒ 2009 by Naoko Uozumi
All rights reserved.
Original Japanese edition published by KODANSHA LTD.
Korean translation rights arranged with KODANSHA LTD.
through Tony International.

이 책은 토니인터내셔널를 통해 KODANSHA LTD.와 독점계약하여 (주)양철북출판사에서 펴냈습니다. 저작권법에 따라 한국 내에서 보호를 받는 저작물이므로 무단 전재와 복제를 금합니다.

원예반 소년들

우오즈미 나오코 · 오근영 옮김

양철북

만나야만 했던 걸까. 아니면 순전히 우연이었을까.

아무튼 시작은 고등학교 입학하기 직전, 봄방학이었다. 시간 가는 줄 모르고 계속하던 게임도 슬슬 싫증이 나기 시작했고, 친구와 약속도 없고 볼일도 없는 날이었다. 그래서 나는 훌쩍 집을 나섰다.

쨍, 하고 깨질 듯이 높은 하늘이 끝나고 안개가 낀 따뜻한 하늘이 펼쳐지고 있었다. 길가에는 민들레며 이름 모를 파랗고 작은 꽃들이 가득 피어 있었다.

문득 '학교까지 자전거를 타고 가 볼까' 하는 생각이 들었다. 집에서 전철을 타고 가면 40분 정도 걸린다. 자전거로 가면 두 시간은 걸리겠지만 따뜻한 햇살이 등을 떠밀었다.

은빛 기어가 달린 자전거를 타고 주택가를 지나 선로를

가로질러 국도로 나왔다. 무서운 속도로 달리는 자동차와 트럭을 곁눈질하면서 국도를 한바탕 달리고 이어서 주택가로 접어들었다가 마지막으로 가로수 길을 따라 달렸다.

학교는 언덕 위에 있다. 정문은 열려 있었지만 봄방학이라 그런지 오가는 사람은 별로 없었다.

정문 앞에 자전거를 세우고 학교를 쳐다보았다. 학교 이름을 새겨 놓은 커다란 교문, 드넓은 하늘을 배경으로 오렌지빛 벽돌 건물이 우뚝 서 있었다. 건물 앞으로는 운동장이 펼쳐져 있고, 축구부원 몇 명이 연습을 하고 있었다.

이 학교에 합격한 것은 기쁘지만 어디를 봐도 친근하게 느껴지지 않았다. 3년 뒤에는 어떤 기분일까 잠깐 생각해 봤다. 졸업하기 아쉬울까, 아니면 발걸음도 가볍게 얼른 떠나고 싶을까…. 이런저런 생각이 든다는 것은 기대를 하고 있기 때문이겠지 싶어서 애써 마음을 다잡았다. 기대가 너무 크면 실망도 크기 마련이니까. 덤덤하게 적당히 헤쳐 나가면 된다.

돌아올 때는 갈 때와는 다른 길을 선택했다. 계속 국도만 달리는 건 지루하니까 국도와 나란히 가는 길을 찾으면서 자전거를 몰았다. 잘 모르는 길이라 방향을 잃을 때는 역 앞쪽으로 나가 둘러보고 어디쯤인지 감을 잡아 가면서 달렸다. 집에서 가장 가까운 역에서 다섯 번째 아니면 여섯 번째 역이었다.

선로를 따라 난 길은 좁아서 겨우 두 팔을 펼칠 수 있을 정도였다. 선로 쪽은 철망으로 막혀 있고 반대편으로는 채소 가게와 찻집, 미용실 같은 가게가 드문드문 보였다. 앞뒤에서 계속 사람들이 걸어와서 그 사이를 헤치며 달렸다. 정면에 보이는 약국 앞은 두루마리 휴지와 화장지 상자가 산더미처럼 쌓여 있어서 더 복잡했다.

사람하고 부딪히지 않도록 조심하면서 페달을 밟아 간신히 약국도 지나쳤다. 그런데 안심한 것도 잠깐, 바로 앞에서 할머니 한 분이 튀어나왔다. 나와 같은 방향으로 걸어가는데, 저렇게 느리게 걸을 수 있을까 싶을 정도로 느릿느릿 걸었다. 뒤로 돌아갈 수도 없으니, 할머니 뒤를 천천히 따라갈 수밖에 없었다.

이러다가는 내 뒤에 오는 사람들까지 밀려서 길이 꽉 막히는 게 아닐까 걱정이 되었다. 예감은 적중했다. 바로 뒤에 자전거가 따라오고 있었다.

자전거를 탄 사람은 내 또래 정도였다. 머리는 빡빡 깎고 눈썹은 듬성듬성하다 못해 거의 없다. 뚱뚱하지도 마르지도 않은 몸에 검은색 파카에 회색 트레이닝 바지를 입고 목에는 납작한 금속 체인 목걸이를 하고 있다. 약간 사이가 벌어진 작은 눈이 흘낏 나를 마주 봤다. 말은 하지 않지만 누가 봐도 빨리 가라는 얼굴이다.

아마 이 부근에 사는 불량소년일 거다. 나는 이런 애를 상대하는 일은 자신이 없는 정도가 아니라 질색이라 무언의

압박을 느꼈지만 어쩔 도리가 없다. 앞에 가는 할머니를 억지로 추월하려면 부딪힐 것만 같았다. 나무젓가락처럼 작고 야윈 몸은 닿기만 해도 넘어질 것만 같았다.

그때 할머니 오른쪽으로 공간이 뚫렸다. 옳지, 하고 힘차게 페달을 밟았다. 순간 그 틈새로 맞은편에서 자전거가 들어왔다. 얼른 브레이크를 밟았는데 뒤에 있던 불량소년도 브레이크를 밟았는지 쇳소리가 들렸다. 쳇, 하고 혀를 차는 소리도 들은 것 같다. 모르긴 해도 '이런 멍청한 놈!'이라고 생각했을 거다.

드디어 할머니 옆으로 다시 공간이 생겼다. 할머니 몸에 닿지 않도록 최대한 사이를 두고 빠져나갔다. 하지만 빠져나왔다고 생각한 순간, 선로 쪽 핸들에 뭔가가 닿는 감촉이 느껴졌다.

"어어!"

자전거가 도미노처럼 쓰러지는 광경이 눈에 들어왔다. 앞에서 걷고 있던 사람들도 자전거가 쓰러지는 소리에 놀라 이쪽을 돌아보았다. 나는 할머니한테만 신경을 쓰느라 선로 옆 철망에 자전거 열 대 정도가 기대듯 세워져 있는 것까지는 미처 보지 못했던 거다.

아차, 싶어 얼른 자전거에서 내려 쓰러진 자전거를 일으켜 세웠다. 끝에서부터 일으켜 세우려고 했지만 핸들끼리 서로 얽혀 있어서 마음만 급해서 허둥댔지 쉽게 세울 수가 없었다.

어느샌가 뒤에서 따라오던 불량소년이 자전거를 세우고 있었다. 불량소년은 도미노처럼 가지런히 쓰러져 있는 자전거 쪽으로 가더니, 틈이 조금 벌어져 있는 가운데쯤에서부터 자전거를 일으켜 세우기 시작했다. 키는 나보다 조금 작지만 힘은 센 것 같았다. 가볍게 마지막 한 대까지 일으켜 세우더니 자기 자전거로 돌아갔다.

놀라서 말이 얼른 나오지 않았다. 저 애가 도와줄 거라고는 생각도 하지 못했다. 뒤에서 재촉한 게 미안했던 걸까. 아무 일도 없었다는 얼굴로 지나가려는 그 애한테 고맙다는 인사를 하려고 얼른 입을 열었다.

"저기… 죄송합니다."

이어폰을 꽂고 있는 그 아이는 이쪽으로 고개도 돌리지 않았다.

사람은 겉모습만 보고서는 알 수 없다더니.

눈 깜짝할 사이에 사람들 속으로 사라져 가는 뒷모습을 바라보면서 지금까지는 거의 생각지 않았던 말을 떠올렸다.

 입학식 때는 그나마 좀 신장했지만 다음 날부터 왠지 어깨에 힘이 빠졌다. 반 친구나 학교 분위기로 볼 때 이 학교는 나한테 잘 맞고 재미있을 것 같다는 확신이 생겼다(처음부터 그런 예감이 들어서 응시했던 거지만).
 내가 입학한 학교는 최고의 명문 고등학교는 아니지만 전교생이 꽤 괜찮은 대학에 진학하는 남녀공학이다. 껄렁껄렁한 아이들이 섞여 있었던 중학교하고는 분위기가 전혀 다르다.
 내 입으로 이런 말 하기는 좀 민망하지만 나는 비교적 착실한 모범생이다. 내가 기억하는 한, 패거리로 몰려다니며 싸움질을 한 적도 없고 주먹으로 사람을 때린 일도 없다. 그러면서도 지금까지 잘 버텨 온 것은 나름대로 머리를 써 왔기 때문이다. 그래 봤자 대단할 건 없지만 말이다. 특히 이 학교처럼 비슷한 유형의 아이들이 모여 있는 곳은 적응하기가 쉽다는 건 누구나 짐작할 수 있을 것이다.

게다가 이 학교는 동아리 활동이 그다지 활발하지도 않아서 수업이 끝나면 곧장 집으로 가는 학생들이 많다는 것도 마음에 든다. 나는 중학교 때 농구부였지만 키만 훌쩍 컸지 실력은 형편없어서 시합에는 거의 끼워 주지도 않았다. 그래도 운동부 동아리에 들어가 있다는 것은 아무에게나 무시당하지 않는다는 중요한 장점이 있기 때문에 계속 붙어 있었다.

날마다 연습하느라 운동화로 체육관 바닥을 삐익삐익 문지르는 건 이제 끝이다. 동아리 활동을 안 하면 지루할지도 모르겠지만 코앞에 대학 입시가 기다리고 있다. 공부에 중점을 두면서 적당히 숨을 돌리는 것만으로도 3년은 금방 지나갈 거다.

4월이 반은 흘러간 어느 날.
1층 매점에 있는 자판기에서 콜라를 샀는데 믿을 수 없을 정도로 얼음이 잔뜩 들어 있었다. 탁자에는 의자가 없어서 앉지 못하고 종이컵을 들고 밖으로 나갔다. 곧장 교실로 돌아가지 않고 앉을 만한 곳을 찾아 학교 안을 어슬렁거리며 걸어 다녔다.

이야기를 나눌 만한 같은 반 친구도 몇 명 생겼다. 도시락을 먹은 다음 그 친구들하고 점심시간을 보내는 것도 나쁘지는 않지만 아직 잘 모르는 학교를 둘러보고 싶었다.

매점 앞 복도 끝까지 가 보니 건물을 이어 주는 복도가 있었다. 그 복도를 지나서 옆 건물로 가니 실험실, 어학실습실, 미술실 같은 전문 과목 실습실이 모여 있었다. 우리 반 교실이 있는 운동장 쪽 1관하고는 다르게 쉬는 시간인데도 학생들은 보이지 않고 건물 전체가 조용하기만 했다.

2관 1층 복도에 있는 창문으로는 무미건조한 직육면체 창고 건물 몇 개가 보였다. 누가 봐도 학교 뒤 풍경이다. 아마 창고 저쪽 편은 학교 터의 끝이고 담이 있을 거다.

복도 중간에 문이 있길래 밖으로 나가 보았다. 창고와 창고 사이를 빠져나가자 담 바로 앞에 작은 공터가 있었다. 아니, 공터라는 말은 정확하지 않다. 바닥에 크기도 모양도 다양한 화분들이 아무렇게나 널브러져 있었다. 시들어 가는 풀이 나 있는 화분도 있고 비어 있는지 바닥에 엎어 놓은 것도 있다.

한 귀퉁이에는 금속 틀에 비닐만 씌워 놓은 작은 온실 같은 것도 있었다. 군데군데 비닐이 벗겨져 지저분했다. 안을 들여다보니 거기도 시든 식물이 있는 화분이 여러 개 있었다.

의외였다. 이 학교는 정문에서 봤을 때는 오렌지빛 벽돌 건물에다가 각 건물 계단참에는 동그란 창문이 있어서 꽤 훌륭하고 멋져 보인다. 그런데 건물 뒤에 이렇게 아무렇게나 방치된 공간이 있다니.

일단 엎어 놓은 큰 화분 하나를 골라 조심스럽게 걸터앉았다. 계속 들고만 있던 콜라를 마시면서 다시 한 번 주위를 둘러보았다.

작은 온실 맞은편은 L자형으로 되어 있는 2관의 짧은 쪽 부분과 가까이 있는데 온실과 겹쳐 있기 때문에 2관에서는 이곳이 보이지 않는다. 창고에는 창문도 없어서 학교 경계선인 울타리 너머에서도 시선이 닿지 않는다.

내가 앉아 있는 곳은 마침 햇살이 비추고 있어서 따뜻했다. 콜라를 다 마시고 나니 나도 모르게 하품이 나왔다. 중학교 때보다 아침에 일찍 일어나서 그런지 걸핏하면 졸음이 밀려든다. 고개를 숙이니 목덜미에 닿는 햇살이 기분 좋게 따듯하다. 건물 쪽에서 가끔 웅성거리는 사람 소리가 들리는 것도 지나치게 조용한 것보다는 오히려 편안한 느낌이다.

버려진 장소지만 아지트 같은 곳을 발견했다는 것도 나쁘지 않다는 생각을 하다가 깜빡, 아주 잠깐 졸았던 모양이다. 계단을 헛디딘 것처럼 다리가 멋대로 흔들려 정신이 들었다.

앞쪽 땅바닥에 비스듬히 엎어 놓은 화분에 언제 왔는지 학생 한 명이 앉아 있었다. 나는 놀란 것도 잠시, 맥이 빠졌다. 나만 아는 비밀 장소라고 생각했는데 그게 아닌 모양이었다.

"안녕."

녀석이 말했다. 내가 졸다가 깬 걸 알아차렸나 보다.

"아, 으응. 안녕."

입속으로 중얼거리면서 상대를 봤다. 넥타이를 풀어서 청진기처럼 목에 걸고 빨대를 꽂은 종이 팩 우유를 들고 다리를 꼬고 앉아 흔들고 있다. 바지는 벨트를 골반까지 내려서 입고 있는지 바짓가랑이가 밑으로 축 처져 있었다. 머리는 불량한 야구부원처럼 빡빡 깎았다. 눈썹은 면도를 했는지 아니면 뽑아 버렸는지 거의 없다. 두 눈 사이 미간이 넓은 데다가 눈까지 작아 인상이 아주 더럽다. 이 학교에도 이런 인상을 가진 학생이 있을 거라고는 생각도 하지 못했는데.

그런 생각을 하면서 동시에 찜찜한 기분이 들었다. 어디선가 본 얼굴이다. 내가 만난 애들 가운데 이렇게 생긴 애는 없었는데 생각하면서 얼른 기억의 페이지를 넘겨 보았다. 중학교 때 알고 지내던 녀석인가. 아니면 친구의 친구였나. 아무튼 최근에 어딘가에서 본 적이 있는 얼굴이다.

순간 앗, 하고 소리를 낼 뻔했다. 개학을 얼마 앞둔 어느 날 내가 쓰러뜨린 자전거를 세워 주던 그 녀석이다!

"너, 1학년이냐?"

상대가 물어봤다.

"1학년 2반…입니다."

신중하게 대답하면서 머릿속에서 녀석의 지금 모습에다

검은색 파카를 입히고 목에 금속 체인 목걸이를 걸어 봤다. 역시 맞다. 그때 그 녀석이 맞는 것 같다. 하지만 이 녀석은 전혀 알아차리지 못하는 것 같다. 녀석은 힘차게 빨대를 빨아 우유를 다 마시더니 팩을 구겼다.

"난 4반, 1학년 4반."

"뭐? 같네?"

1학년이라고? 이 녀석, 선배는 아니었구나.

"같기는 뭐가 같아. 4반이라니까."

녀석이 무슨 소리를 하는지 모르겠다는 듯 얼굴을 찡그리면서 눈썹을 치켜세우자 순식간에 인상이 험해졌다. 하지만 이내 원래 표정으로 돌아오더니 두 손을 하늘을 향해 올리고 "으으!" 하면서 기지개를 켰다.

"여긴 처음 와 봤는데 아주 조용하네. 졸음이 올 만도 해."

"아, 으응."

"그런데 이 학교는 원래 전체가 이렇게 조용한 걸까. 입학한 지 며칠 되지도 않았는데 마냥 한가롭기만 하니. 그렇다고 동아리는 시시해서 들어갈 마음이 없고."

혼잣말인지 나 들으라고 하는 소리인지 잘 알 수는 없었지만 동아리에 들어갈 생각이 없는 건 나도 마찬가지다. 이미 동아리마다 체험 기간이 시작되었지만 어떤 동아리에도 기웃거린 적이 없었고, 대부분의 다른 아이들처럼 '곧장 귀가파'로 정착할 생각이다.

이 녀석, 이야기하기 어려운 느낌의 상대는 아닌 것 같다.
"저기, 갑자기 생각났는데 우리 봄방학 때 만났지?"
"뭐?"
녀석은 빨대를 입에 문 채 내 쪽을 쳐다봤다. 내가 쓰러뜨린 자전거를 세워 준 이야기를 했다.
"아, 그러고 보니 그런 일이 있었던 것 같은데."
녀석은 조금 놀란 얼굴을 했다.
"그 선로 옆길은 사람이 많이 다녀서 위험해. 자전거에 부딪혀 쓰러진 할아버지, 할머니를 몇 번이나 봤거든. 그런데도 속도를 줄이지 않는 녀석들이 있어서 그 길을 자전거 타고 지날 때는 앞에서 가는 녀석이 속도를 내지 않도록 견제한다고."
뒤에서 재촉하는 줄 알았는데 견제한 거라니 더욱 놀랍다.
그때 교실 쪽에서 수업 시작 종소리가 들렸다.
"큰일 났다."
녀석은 당황한 듯 일어섰다. 초스피드로 넥타이를 고쳐 매고 바지를 추켜올려 벨트를 다시 맸다. 그러더니 "그럼 또 봐!" 하며 교실 쪽으로 뛰어갔다.
나도 가려고 했는데 종이컵을 바닥에 놓아둔 걸 깨달았다. 얼음이 녹은 물이 남아 있었다. 가장 가까이에 있는 화분에 남은 물을 쏟아 버리고 빈 종이컵을 들고 교실로 돌아갔다.

다음 날 점심시간에도 도시락을 먹고 나서 나도 모르게 어제처럼 자판기에서 콜라를 뽑아 들고 2관을 빠져나왔다. 창고 뒤로 와 보니 어제 만났던 그 녀석은 없었다. 어제와 같은 장소에 앉아 싱거워진 콜라를 마셨다.

옆에 있는 화분에 돋아난 풀에 햇살이 비쳤다. 어쩐지 그 풀만 다른 풀과 다르다. 꽃이 핀 것도 아니고 하트 모양 잎이 나 있을 뿐인데 줄기가 꼿꼿하고 잎도 활짝 펴 있었다.

옆에 있는 화분도 잎 모양을 보니 같은 종류인데, 줄기가 쓰러져 있고 잎도 시들어 축 늘어져 있다. 잎과 줄기가 꼿꼿한 풀은 내가 앉은 바로 옆에 있는 화분뿐이다.

왜 이렇게 다른 걸까. 여기만 비가 온 걸까. 그때, 문득 어제 종이컵에 남은 물을 끼얹고 갔던 일이 떠올랐다.

그럼 뭐야? 그랬다고 이렇게 싱싱해진 거라고?

쪼그리고 앉아 풀에 눈을 가까이 대고 자세히 살펴보았다. 역시 이 풀만 잎 모양이 아래로 향한 '∧' 모양이 아니고 위로 향한 '∨' 모양으로 되어 있었다.

"뭘 보고 있어?"

목소리가 들려서 고개를 들어 보니 어제 그 녀석이다. 오늘도 풀어헤친 넥타이를 목에 걸고 바지를 골반까지 내려 입고 손에는 빨대를 꽂은 우유 팩을 들고 있었다.

"어제 물을 버린 화분만 싱싱해졌어."

그 녀석은 옆으로 다가오더니 나처럼 가까이서 화분을 살펴본다.

"이건가?"

옆에 있는 풀을 번갈아 보며 물었다.

"대단하다."

진심으로 놀라는 목소리다.

"그럼 다른 풀도 물을 주면 이렇게 되는 건가?"

"모르긴 해도 그렇지 않을까?"

녀석은 주위를 둘러보더니 창고 앞에 있던 수도꼭지를 틀어 물이 나오는지 확인했다.

"그건 없나? 코끼리 코처럼 생긴 건데 쏴, 밭에 물 줄 때 쓰는 그거. 있잖아 왜 눈이 쏴아 뿌려지는 거. 그걸 뭐라고 하지?"

"…물뿌리개 말이야?"

"그래, 맞아. 물뿌리개."

주위를 둘러봤지만 그런 건 눈에 띄지 않았다. 양동이도 호스도 없었다. 그 녀석은 우유 팩 주둥이 쪽을 손으로 펼치기 시작했다. 안을 헹궈 물을 담더니 '∧' 모양으로 된 풀에 물을 끼얹었다. 나도 얼른 콜라를 마저 마셨다. 아직 다 녹지 않은 얼음을 수도 밑 배수구에 버리고 종이컵을 씻고 물을 담았다.

뭔가가 심어져 있는 화분은 어제 물을 준 것까지 포함해 아홉 개였다. 둘이서 수도꼭지와 화분 사이를 다투듯 왔다

갔다 하며 골고루 물을 주었다.

"물을 얼마나 줘야 잎이 싱싱해질까? 내일 보면 알겠지."

"오늘 수업 끝나고 들러 봐야지."

내가 말하자 녀석도 고개를 끄덕였다.

"나도."

점심시간이 끝났다는 종소리가 들렸다. 녀석은 오늘도 역시 서둘러 넥타이를 똑바로 고쳐 매고 바지를 추슬러 올리면서 물었다.

"아 참! 너, 이름이 뭐냐? 난 오와다 잇페이."

내가 대답했다.

"시노자키 다쓰야."

오후 수업이 끝났다. 가방을 들고 2관을 빠져나와 창고 뒤로 가 보았다. 눈썹 없는 그 녀석, 4반의 오와다 잇페이는 아직 오지 않았다.

먼저 화분의 풀을 둘러봤더니 놀랍게도 낮에는 축 늘어져 있던 잎들이 꼿꼿하게 위를 향하고 있었다. 하얗게 말라 가던 잎도 초록빛이 조금 늘어난 것 같았다.

식물이란 참 순진한 거구나.

식물에게 물이 필요하다는 것 정도는 물론 알고 있다. 하지만 물만 준다고 이 정도로 금방 눈에 띄게 싱싱해질 줄은 몰랐다.

조금 지나 오와다 잇페이가 왔다. 역시 화분의 풀부터 둘러봤다.

"와, 대단하다. 모조리 살아나고 있잖아."

반가운 듯 웃으며 말했다.

"이 풀들이 싱싱해지면 이곳 분위기도 좀 달라지겠지. 폐허 같은 느낌이 좀 줄어들까?"

"그러게."

방치된 듯 무미건조했던 느낌이 조금은 살아난 것 같았다. 그때 창고 사이에서 사람이 나왔다. 머리가 하얗게 센 선생님이었다. 두꺼운 카디건을 입고 등이 조금 굽어 나이가 들어 보였다. 얼굴은 본 적이 있지만 이름은 모른다. 선생님은 우리를 보고 놀란 얼굴을 했지만 아무 말도 하지 않고 가장 가까운 화분 앞에 쪼그리고 앉았다. 화분에 담긴 흙을 손가락으로 만져 보고 나서 고개를 돌렸다.

"흙이 젖어 있군. 혹시 너희가 물을 준 거냐?"

"아, 예."

둘이서 동시에 대답했다.

"정말이냐? 허허. 그거 참 고마운 일이군. 우리 학교에도 마음이 따뜻한 학생이 있다는 거잖아, 허허허."

선생님은 눈가에 깊은 주름을 지으며 웃었다.

"허허, 너희는 풀꽃을 좋아하지?"

나와 오와다는 무의식중에 얼굴을 마주 보았다.

"예. 뭐 그냥."

어색하게 웃음을 지으면서 말끝을 흐렸다.

"여기 있는 이게 다 선생님 화분이에요?"

오와다가 물었다.

"아니, 원예반 화분이다."

원예반이라는 동아리가 있다는 건 처음 들었다.

"그런데 이번에 마지막 멤버가 졸업하고 나서 아무도 없어. 원래 몇 명 되지도 않는 아이들이 겨우 지탱하던 동아리였거든. 난 지도교사여서 남은 화분에 물을 주러 와야 해. 그런데 바빠서 잘 올 수가 없었어. 너희처럼 고마운 학생들이 있다니 기쁘다. 정말 고맙다."

몇 번씩 고맙다는 말을 들으니 어떤 표정을 지어야 할지 모르겠다. 옆에 있는 오와다도 괜히 몸 이곳저곳을 긁적거리기만 했다.

나랑 오와다는 좋은 일을 했다는 뿌듯한 기분으로 1관으로 돌아왔다. 1학년 신발장으로 가 보니 아이들은 이미 다 돌아가 버렸는지 인기척이 없었다.

통학용 구두를 꺼내려고 했을 때 갑자기 야구부 운동복을 입은 몇몇이 밖에서 들어왔다. 이쪽을 보더니 "1학년 남학생 두 명 발견!" 하고 큰 소리로 외쳤다. 그러더니 똑같은 유니폼을 입은 학생들이 계속 쫓아왔다.

"좋아! 드디어 1학년을 발견했군."
"너희, 아직 아무 동아리에도 안 들어갔지?"
"야구부에 들어와."
눈 깜짝할 사이에 나랑 오와다 앞에 까까머리들이 빽빽하게 늘어서 있었다.
"앗, 무슨 소리를 하는 거예요? 들어가지 않겠습니다."
나는 당황해서 손을 흔들었다. 오와다도 "예?" 하며 고개를 쭉 내밀었다.
"우리 야구부에서는 1학년이라고 공 줍는 일만 시키지는 않아. 곧바로 정규 멤버가 되는 거라고. 동아리 활동이 있는 날은 일주일에 6일. 마음껏 연습할 수 있지. 특히 그쪽 1학년!"
야구부 한 명이 오와다를 지목하면서 말했다.
"그 머리는 중학교 때 야구부였다는 증거지."
"곧장 귀가파입니다. 야구를 한 적이 없습니다."
"그럼, 그쪽에 너는 중학교 때 무슨 동아리였어?"
"농구부였습니다."
그때 누군가 뒤에서 다짜고짜 내 팔을 잡았다. 어느새 뒤에도 선배들 몇 명이 서 있었다. 브이 자 모양으로 파인 셔츠에 무릎까지 오는 바지. 누가 봐도 농구부 유니폼이다.
"그럼 너는 야구부가 아니고 농구부로 결정된 거야."
나는 당황했다. 앞에서는 야구부, 뒤에서는 농구부.
도대체 어떻게 된 거지.

"아닙니다. 농구부에도 들어가지 않을 겁니다. 중학교 때 실력도 형편없었고."

"실력 같은 건 없어도 돼. 우리 학교에서는 곧바로 시합에 나갈 수 있어. 농구 골대가 너를 기다리고 있다고."

야구부원이 화가 나서 소리쳤다.

"어이, 농구부! 우리가 찾아낸 1학년이야. 끼어들지 마!"

"치사한 소리 하지 마. 두 명이니까 한 명은 우리한테 넘겨."

"안 돼! 지금 야구부에는 일곱 명밖에 없어. 두 명이 꼭 필요해."

"우리도 사람이 모자란다고. 한 사람씩 나누자니까."

"애네를 발견한 건 우리야. 다른 1학년을 찾아봐."

"1학년이 어디 있다고? 올해는 축구랑 테니스 동아리가 체험 기간 전부터 움직여서 운동부에 들어와야 할 귀중한 남자애들을 모조리 데리고 갔어. 사방을 찾아다녀도 더 이상 없어."

"저기요, 잠깐만요!"

내가 끼어들었다.

"죄송하지만 전 야구부에도 농구부에도 들어갈 생각이 없습니다."

오와다도 입을 삐죽 내밀었다.

"그렇다니까요! 다짜고짜 와서 지금 뭐 하는 겁니까? 저도 아무 데도 들어가지 않을 겁니다."

"수업이 끝난 지 30분이 지났는데도 학교에 남아 있는 걸 보면 너희는 한가하다는 거잖아. 그러니까 동아리 활동을 해도 될 사람들이지. 틀림없이 어딘가에 들어가야 할 거야. 곧장 귀가파라니, 절대 용납할 수 없어."

이런, 억지도 이런 억지가 어딨어!

"빨리 결정해!"

"두 사람 다 야구부야."

"무슨 소리? 농구부야."

야구부와 농구부가 동시에 덤벼들 기세였다.

오와다가 손을 들었다.

"잠깐, 말 좀 합시다. 아까부터 오해가 있는 것 같은데 우리도 딱히 귀가파를 고집하는 건 아닌데요."

이 녀석은 또 무슨 소리를 하려는 거야?

다들 입을 다물고 다음 말을 기다렸다.

"우리는 원예반에 들어갔습니다. 지금도 꽃에 물을 주고 오는 길입니다. 안 그러냐?"

오와다가 나를 보며 살짝 눈짓을 보냈다.

그렇구나, 그렇게 되는 거구나.

"맞아요. 우린 원예반이라고요."

갑자기 둘러대는 말에 야구부와 농구부는 모두 의아한 얼굴이다.

"원예반이라는 게 있었냐?"

"들어 본 적도 없어."

"얼렁뚱땅 빠져나가려고 둘러대는 말 아냐?"

다시 덤벼들 기세다. 오와다는 바로 단호하게 막았다.

"그럼 좋습니다. 지금부터 원예반 담당 선생님한테 갈 테니까 따라와 보면 알 것 아닙니까?"

오와다가 인파를 헤치듯 유니폼 무리에서 빠져나갔다. 나도 얼른 따라나섰다. 계단을 올라가 2층에 있는 교무실로 갔다. 우리 뒤에서 야구부와 농구부가 줄지어 졸졸 따라왔다.

교무실 문은 열려 있었다. 창가 자리에 조금 전에 만났던 나이 지긋한 선생님이 앉아 있었다. 나와 오와다는 "실례합니다!" 하며 교무실로 들어가 선생님 책상 앞으로 갔다.

"아니, 너희는 조금 전에 본 그 아이들 아니냐? 그런데 무슨 일이지?"

"예, 저기 말입니다."

오와다는 갑자기 난감한 표정을 지었다. 여기서부터는 생각해 두지 못했을 거다. 솔직히 이런 상황에서 "지금 잠깐 원예반에 들어간 척하고 싶은데 도와주시겠습니까?"라고 말할 수는 없었다. 문을 돌아보니 야구부와 농구부가 이리 밀고 저리 밀며 이쪽을 보고 있었다.

그래, 일단 여기서 무슨 이야기라도 한동안 하고 있으면 되지. 이 선생님은 분명히 원예반 담당이라고 했으니 거짓말은 아니다.

"저기 있잖습니까. 아까 그 화분은 그러니까⋯."

내가 말을 꺼내려고 하자 갑자기 선생님 얼굴에 가득 웃음이 떠올랐다.

"그래, 너희 두 사람이 원예반에 들어오겠다는 말이군."

"예?!"

나랑 오와다가 동시에 소리를 질렀다.

"허허, 이거 참 반가운 일이군. 그렇다면 갑작스럽기는 하겠지만 활동 내용을 말해 볼까. 우선 거기 있는 화분들을 싱싱하게 만들 것 그리고 너희 둘이서 다시 잘 길러 볼 것. 그러니까 그 화원을 푸른 잎과 꽃으로 가득한 곳으로 만드는 게 활동 내용이다. 도구는 거기서 가장 가까운 창고에 얼마든지 있다. 식물은 살아 있는 생명이니까 웬만하면 날마다 와서 보살피도록."

푸른 잎과 꽃으로 가득한 화원? 날마다? 나와 오와다는 어처구니가 없었다. 선생님은 얼른 책상 서랍을 열어 종이 한 장을 꺼냈다. '원예반 입회 신청서'였다.

"그럼 여기에 학년, 반, 이름을 쓰도록."

우리는 서로 얼굴을 마주 보았다. 문밖에서는 야구부와 농구부가 여전히 우리를 지켜보고 있었다. 할아버지 같은 선생님은 싱글싱글 웃으면서 펜을 내밀었다. 다른 선생님들도 뜻밖이라는 얼굴로 이쪽을 쳐다보고 있었다.

오와다가 결심한 듯 펜을 들고 신청서를 쓰더니 나한테도 내밀었다. 나도 똑같이 쓰는 수밖에 없었다.

우리 둘은 다시 창고 뒤로 갔다. 불과 한 시간 전에 화분을 보러 왔을 때는 이런 상황이 될 거라고는 상상도 하지 못했다.
"야구부와 농구부 녀석들 질이 나빠."
"정말 지독한 놈들이야."
하지만 이제 와서 투덜거려 봐야 무슨 소용이 있어.
"아무래도 야구부 선배들이랑 농구부 선배들이 억지로 동아리에 가입시키려 했다고 선생님한테 말해야겠어. 미안하지만 원예반에 들어올 생각은 없었다고. 지금 교무실로 가면 있을 거야."
"글쎄. 하지만 지금 당장 다시 찾아가는 것도 좀 그렇지 않나?"
오와다가 말없이 화분을 들여다보며 말했다. 그러더니 갑자기 어깨를 으쓱 추슬렀다.
"뭐, 그냥 오늘처럼 점심시간에 잠깐 와서 물만 주면 되는 거잖아."
"뭐?"
나는 놀라 오와다를 쳐다봤다.
녀석이 그런 말을 할 거라고는 생각도 하지 못했다. 엉겁결에 이런 상황이 되었을 뿐인데, 진심으로 원예반에 들어가겠다고?

"생각해 보면 풀이 축 늘어져 있다가 싱싱하게 살아나는 모습이, 내가 이 학교에 들어온 지 열흘 만에 본 가장 재미있는 일이기도 하거든."

그건 나도 마찬가지다. 어제랑 오늘 풀이 싱싱해지는 걸 봤을 때 오랜만에 기분이 상쾌했다. 하지만 그렇다고 이렇게 순간적으로 결정해도 되는 걸까.

"넌 어때? 죽어도 하기 싫어?"

"죽어도 하기 싫다는 건 아니지만."

오늘처럼 물을 주는 정도라면 큰 부담도 아니다. 그래도 귀찮아지는 건 아닐까. 거기서 얻을 수 있는 게 도대체 뭐지? 이대로 원예반이 되면 어느 동아리에도 들어가지 않겠다는 설명을 계속 하지 않아도 된다. 하지만 아무래도 부담이 될 수도 있는 일이다.

"야, 깊이 생각할 거 뭐 있냐? 점심시간에 잠깐 와서 물이나 주고 씨나 적당히 뿌리면 금방 푸른 잎과 꽃으로 가득한 화원이 될 텐데. 정 번거롭고 귀찮아지면 그때 가서 그만두면 되잖아."

오와다는 속 편한 말만 하고 있다.

"…그럼 얼마 동안만이라도 해 볼까?"

"푸른 잎과 꽃으로 가득한 화원이 만들어지면 우유와 콜라로 건배나 하자."

오와다가 이죽거리듯 웃으면서 말했다. 아니, 이죽거리며 웃은 건 아니고 빙긋 미소를 지었다. 하지만 눈썹이 거의 없는 아이가 미소를 지으니 이죽거리며 웃는 얼굴로밖에 보이지 않았다.

다음 날 점심시간에 교무실에서 열쇠를 받아다 창고를 열어 보니 물뿌리개, 원예용 가위, 삽, 모종삽, 비닐봉지에 든 대용량 원예용 흙, 진딧물 같은 해충용 살충제 스프레이, 비료, 크고 작은 화분 같은 것들이 잔뜩 들어 있었다.

나랑 오와다는 물뿌리개 두 개를 꺼내 들었다. 통 안에 샤워 꼭지 같은 게 들어 있었지만 그건 창고에 두고 수도꼭지로 가서 물을 담았다. 물뿌리개를 쓰니, 당연한 말이긴 하지만 종이컵으로 몇 번이고 왕복하는 수고는 하지 않아도 되었다.

"역시 도구가 있으니 편리하군."

오와다가 감탄하며 말했다.

비닐 온실에도 들어가 거기 있는 화분에도 물을 주었다.

온실은 세 명만 들어서면 가득 찰 것처럼 비좁았다. 철제 선반에는 화분이 놓여 있었다. 두 단으로 된 선반에 화분 네 개가 있는데, 하나같이 물이 말라 잎이 시들어 갈색을 띠고 있었다. 물론 꽃이 피어 있는 화분은 하나도 없었다. 싱싱하게 살아날지 알 수 없지만 일단 빼놓지 않고 골고루 물을 뿌려 주었다.

그러고 나서 각자 갖고 온 꽃씨를 꺼냈다.

나는 아버지와 단둘이 살기 때문에 자주 장을 보러 가는 편인데 예전에 갔던 슈퍼마켓 입구에 꽃집이 있었던 것을 기억하고 가서 사 왔다. 씨는 엽서보다 조금 작은 봉투에 담겨 진열되어 있었다. 이름도 모르는 꽃뿐이라 뭘 사면 좋을지 도무지 알 수가 없어서 처음에 눈에 띈 '피튜니아'라는 꽃을 골랐다. 포장지에는 나팔꽃을 닮은 빨간색과 분홍색 꽃 사진이 있었다. 봉투를 조심스럽게 만져 봐도 정말 씨가 들어 있는 건가 싶을 정도로 만져지는 게 없었다.

오와다는 집에 있던 것을 가지고 왔다고 말했다. 역시 내가 사 온 거랑 비슷한 작은 봉투에 들어 있었다. 포장지에는 '스토크'라고 쓰여 있고 굵은 줄기에 작은 꽃들이 세로로 무리지어 붙어 있는 사진이 있었다.

씨앗 봉투에 적혀 있는 설명대로 빈 화분 바닥에 구멍을 막는 돌을 먼저 넣고 원예용 흙이라는 것을 넣었다. 먼저 오와다가 가져온 스토크 봉투를 열어 보니 아주 작은 씨앗이 나왔다. 씨앗이라기보다는 차라리 모래라고 해야 할 것 같았다.

하지만 내가 갖고 온 피튜니아 봉투를 열어 보고는 더욱 놀랐다. 이건 모래도 아니다. 거의 가루에 가깝다. 그래서 그렇게 아무런 감촉이 없었던 모양이다.

"이건 아예 라면 스프야."

조심스럽게 흙 위에 씨앗을 뿌리면서 무심코 말하자 옆에서 오와다가 "그러게" 하며 웃었다.

씨를 다 뿌리고 나서 흙을 살짝 덮어 주고 물을 주었다. 창고에서 방금 꺼낸 원예용 흙에 물을 주자 햇볕을 쬐고 거둬들인 이불에서 나는 단내 같은 냄새가 살짝 났다.

정말 오래간만에 흙을 만지고 나니 놀라울 정도로 손이 지저분해졌다. 손톱 사이에 낀 흙은 수돗물로 씻어도 좀처럼 빠지지 않았다.

"손톱 끝에 때가 낀 건 유치원 때 이후로 처음이다."

오와다도 손톱을 손바닥에 대고 문질러 씻으면서 말했다.

이튿날은 등교하자마자 씨를 뿌린 화분을 보러 갔다. 하지만 아직 싹이 나올 기미는 보이지 않았다.

산소와 물과 적당한 온도가 있으면 금방 싹이 나올 것이다. 산소는 공기 중에 있을 것이고 물은 주었고 날씨도 충분히 따뜻하다. 하지만 아무래도 이튿날 바로 싹이 나오는 건 아닐지도 모른다.

그다음 날은 나올 거라고 생각했다. 하지만 여전히 나오지 않았다. 그다음 날은 분명 나오겠지 생각했는데 역시 나오지 않았다.

씨를 뿌린 지 나흘이 지나자 불안이라기보다는 불만이라고 해야 하나, 아무튼 좀 납득이 가지 않았다. 씨를 뿌리면 금방 싹이 나온다는 건 시든 식물에 물을 주면 싱싱해지는 것보다 당연한 일이라고 생각했다.

오와다도 나랑 비슷한 생각이었는지 씨를 뿌린 흙에 물을 주면서 날마다 투덜거리는 말이 달라졌다.

"싹이 바로 나와야 하는 거잖아."

"어라, 아직도야."

"뭐? 아직도 안 나왔다고?"

"젠장, 나올 생각이 없나."

닷새째, 우린 거의 포기 상태였다. 날마다 물을 준 덕에 잎은 갈수록 싱싱해졌다. 그래도 꽃은 쉽게 피지 않았다. 씨에서 싹이 나오는 것도 아니다.

잎이 '∧' 모양에서 '∨' 모양이 되는 모습을 보고 감동했는데 그다음 단계로는 좀처럼 넘어가지 않았다. 어쩌면 푸른 잎과 꽃으로 가득 찬 화원을 만드는 건 생각보다 훨씬 시간이 걸리는 일인지도 모른다. 이대로 가면 푸른 잎과 꽃으로 가득한 화원이 되기도 전에 동아리 활동을 포기해 버릴 것만 같았다.

그 무렵 나는 틈만 나면 졸았다. 아침에 일찍 일어나는 생활에 아직 몸이 적응하지 못해서인 것 같다. 중학교까지는 급식을 했지만 고등학교에서는 도시락을 싸야 했다. 냉동식품을 데우고 달걀프라이를 곁들이는 정도였지만 그것 때문에 집을 나오기 한 시간 전에는 일어나야 했다. 집으로 가는 전철 안에서 졸다가 역을 지나치는 일도 몇 번 있었다.

그날도 그랬다. 졸다가 깨 보니 내려야 할 역은 어느새 지났고 다음, 그다음 역이었다. 헐레벌떡 내려서 계단을 올라가 반대편 플랫폼으로 갔다.

다음다음 역이라고 해도 거의 와 본 적은 없었다. 우리 집에서 가까운 역하고 비슷한 분위기였지만 선로 밖으로 보이는 건물이나 가게들이 완전히 다르다. 비슷하면서도 다르다. 그런 생각을 하면서 기다리고 있는데 전철이 왔다.

교복을 입은 한 무리가 우르르 몰려나왔다. 그 학생들이 다 내리기를 기다렸다가 전철에 올라타려는데 플랫폼에 내린 학생들 틈에서 "야, 노팬티! 기다려!" 하는 목소리가 들렸다.

자세히 보니까 근처에 있는 고등학교 학생이었다(성적으로 말하면 우리 학교보다 훨씬 뒤떨어진 학교다). 그 녀석들 가운데 하나가 무리에 에워싸여 있었다. 내가 아는 녀석이었다. 초등학교 5, 6학년 때 같은 반 아이다.

"냐거 는니다 고입 는티팬 너. 예스? 오어 노?"

초등학교 6학년 초였던 것으로 기억한다. 같은 반 아이 하나가 갑자기 나를 향해 이상한 말을 지껄였다. 심술 맞고 난폭하지만 뛰어난 운동신경과 남다른 박력으로 반 아이들을 쥐고 흔드는 녀석이었다.

"냐거 는니다 고입 는티팬? 다쓰야, 빨리 대답해. 예스야, 노야?"

그 아이는 싱글싱글 웃으면서 집요하게 달려들었다. 나는 이게 뭔가 함정이 있다는 걸 알아차렸다.

플랫폼에 있는 저 녀석이 그때 우연히 내 옆에 있었다. 같은 반이 된 지 얼마 되지 않았지만 얌전한 성격이라는 건 알고 있었다. 더구나 머리 회전이 나보다 둔해 보인다는 것도 눈치로 알고 있었다. 나는 얼른 "네가 먼저 대답해" 하고 말했다. 그러자 녀석은 깊이 생각도 하지 않고 곧장 대답했다.

"그럼 난 '노'라고 할래."

순간 질문한 아이가 배를 부여잡고 웃기 시작했다. 딱 걸려들었구나, 하는 얼굴이었다. 나는 녀석의 얼굴에서 그걸 확인하고서는 얼른 대답했다.

"나는 예스."

"그럼 다쓰야, 너는 됐어. 그런데 이 녀석은 '노!'란다. 냐거 는니다 고입 는티팬 너, 이건 '너 팬티는 입고 다니는 거냐?'라는 말이거든. '노'라고 했으니까 넌 팬티 안 입었다는 말이잖아."

"노"라고 대답한 그 녀석은 갑자기 울상이 되었다. 도움을 청하듯 내 쪽을 봤지만 나는 눈을 마주치지 않았다.

그날 이후로 그 녀석의 별명은 '노팬티'가 되었다. 그냥 아이들끼리 놀려 대는 가벼운 별명이었다. 하지만 그 녀석한테는 자신에게 붙은 형편없는 별명을 떼어 낼 전략도 힘도 없었다. 노팬티라는 별명이 붙고 나서는 놀림을 당하는 일이 부쩍 늘었고 어느새 여자아이들까지 노팬티라고 부르기 시작했다. 중학교에서는 같은 반이 된 적은 없지만 초등학교 때부터 같은 학교인 다른 녀석들도 노팬티라는 별명으로 불렀다.

놀림을 당하는 모습을 볼 때마다 나는 기분이 개운치 않았다. 나는 한 번도 노팬티라고 부르지는 않았다. 하지만 그 녀석을 노팬티로 만든 사람은 나였다.

그래도 그때마다 속으로는 스스로를 변명했다. 나도 똑같은 부류다. 말하자면 겁쟁이다. 하지만 나는 뒷일을 생각하고 예측하면서 행동하고 있다. 노팬티는 그런 노력을 하지 않았다. 자기가 왜 그런 처지에 놓였는지 생각하지 않는다. 그러니까 저런 웃긴 별명이 생긴 거다.

전철이 움직이기 시작했다. 지금은 얼굴에 여드름이 전성기인 노팬티는 더는 옛날에 같은 반인 듯한 녀석들에게 에

워싸여 있지는 않았다. 대신 그 녀석들의 가방을 모조리 들고 무겁게 계단을 올라가고 있었다. 반 아이들인 듯한 녀석들은 아무렇지도 않게 웃는 얼굴로 앞서 걷고 있다. 나쁜 짓을 하고 있다는 생각은 전혀 하지 않는 것 같다.

아직도 그런 유치한 세상에 갇혀 있는 거냐. 노팬티, 머리를 좀 써라.

노팬티는 무거운 가방을 들고 비틀거리며 창 너머로 사라져 갔다.

 시작하자마자 좌절하고 말았던 '꽃과 푸른 잎이 가득한 화원'을 만드는 계획에 다시 예측하지 못한 일이 일어난 것은 4월 말 즈음이었다.

 여느 때처럼 점심시간에 창고 뒤로 가 보니 온실 안에 누군가 있었다. 오늘따라 오와다가 먼저 와 있는 건가 싶어 온실 입구의 비닐을 들치니 상자가 떡하니 나타났다. 아니, 정확하게 말하면 상자를 머리에 쓴 사람이다. 목 위는 네모난 상자에 가려 있고 목 아래는 교복 윗도리와 바지를 입은 사람.

 나는 그 자리에 멈춰 섰다.

 이쪽 기척을 알아챘는지 상자를 쓴 녀석은 목뿐 아니라 로봇처럼 몸 전체를 돌려 나를 보았다. 상자 정면에 네모난 구멍 세 개가 뚫려 있었다. 구멍은 딱 눈과 입이 있는 위치에 뚫려 있었고 왼쪽 눈과 오른쪽 눈 그리고 입이 살짝살짝 보였다 사라졌다 한다.

"왔구나."

그때 등 뒤에서 오와다의 목소리가 들렸다. 그 목소리에 상자를 쓴 녀석이 흠칫 몸을 떨었다.

"어라, 누가 와 있냐?"

오와다가 나를 알아보고 어깨 너머로 온실을 들여다보다가, "뭐야!" 하고 큰 소리로 고함을 질렀다. 마치 그 목소리에 스위치가 켜진 듯 상자에 난 네모난 구멍에서 힐끗 보이는 입이 움직였다.

"저, 저기… 죄송합니다, 부탁입니다. 못 본 걸로 해 주십시오. 부탁이니 저를 봤다고 아무한테도 말하지 말아 주십시오. 정말 부탁합니다."

겁에 질린 목소리였다.

"저기, 저도 이 학교 학생입니다. 으음…, 쇼지라고 합니다. 1학년 1반입니다. 하지만 입학하고 나서 지금까지 교실 말고 상담실로 등교하고 있습니다. 그러니까 뭐냐…, 상담실은 이 온실 바로 맞은편에 있습니다."

그렇게 말하더니 2관 끝에 있는 교실을 가리켰다.

"그러니까 뭐냐…, 저는 늘 저기서 공부하고 있는데 여기는 아무도 없는 줄 알고…. 그냥 기분 전환이나 할까 하고 잠깐 나와 본 겁니다. 상담실에는 문이 있어서 직접 밖으로 나올 수 있기 때문에 그냥 잠깐…. 하지만 제가 이런 모습으로 학교에 와 있다는 것이 알려지면 안 됩니다. 그건 학교와 한 약속입니다. 그러니까 부탁입니다. 못 본 걸로 해 주십시오."

상담실, 기분 전환, 문…. 도대체 무슨 소리를 하는 건지 알 수가 없었다. 하지만 적어도 로봇도 요괴도 아닌 이 학교 학생이라는 걸 알고 나니 온몸에 힘이 쭉 빠졌다. 오와다도 놀란 표정에서 갑자기 욱하는 표정으로 바뀌었다.

"알았으니까 당장 그 상자나 벗어. 사람을 놀라게 해 놓고 뭐야."

"그건 무리한 요구입니다. 절대로 그건 안 됩니다."

상자를 쓴 녀석은 필사적인 어조로 말했다.

"뭐가 무리라는 거야?"

"저는 상자를 쓰지 않고는 밖에 나다닐 수가 없습니다."

"상자를 쓰지 않으면 밖으로 나갈 수 없다고?"

"정말?"

"정말입니다. 신발을 신지 않고는 밖으로 나갈 수 없는 것과 마찬가지입니다. 저는 상자를 쓰지 않고는 밖으로 나갈 수가 없습니다."

오와다가 갑자기 "오호!" 하며 감탄스러운 듯이 말했다.

"너 좀 재미있는데."

"아니, 재미있는 게 아닙니다. 그러니까 부탁입니다. 저를 봤다는 걸 아무에게도 말하지 말아 주십시오. 그렇지 않으면 전 이 학교에 있을 수가 없게 될 겁니다."

그 녀석이 쓰고 있는 상자는 생수를 담는 페트병이 들어 있던 종이 상자다. 튼튼하게 하려고 여기저기 테이프를 붙여 놓긴 했지만 남아 있는 부분에 생수 회사 이름과 무슨 무슨 물이라는 글씨가 보였다. 2리터짜리 페트병 여섯 개가 들어 있던 상자를 개조한 것 같다.

"부탁입니다. 아무한테도 말하지 말아 주십시오."

녀석은 머리라기보다 상자를 몇 번이고 꾸벅꾸벅 흔들며 말했다.

"알았어. 어쨌거나 발설만 하지 않으면 된다 이거지?"

나는 대답했다. 잊을 수는 없겠지만 말하지 않는 거라면 할 수 있다. 무슨 사정이 있는지는 모르지만 못 본 걸로 하면 된다.

"그보다 좋은 생각이 있어."

오와다가 갑자기 기발한 생각이 떠오른 듯 말했다.

"너도 여기 와서 화초에 물 주는 일을 도와. 그러면 입 다물고 있어 주지."

"예?" 상자 안에서 놀란 목소리가 들렸다.

"우리가 하는 일을 도와주면 입 다물어 줄 수 있다고."

흔들거리던 상자가 뚝 멈췄다. 표정은 알 수 없지만 곤혹스러워하고 있을 것이다. 나도 오와다가 왜 그런 말을 꺼낸 건지 이해할 수가 없었다.

"왜 그런 걸 시켜? 그러지 않아도 되잖아."

작은 목소리로 오와다에게 말하자 오와다는 큰 소리로 대답했다.

"그냥, 이 녀석 재미있잖아."

"그런 말이 어디 있어. 재미있다니…."

내 말이 끝나기도 전에 상자가 입을 열었다.

"물 주는 거라면 이 온실 화분 말입니까?"

"그리고 밖에 있는 화분도. 우리는 날마다 점심시간에 물을 주러 와. 여기를 푸른 잎과 꽃이 가득한 화원으로 만들려고 하는 거지."

오와다가 가슴을 한껏 펴며 말했다.

"무슨 게임에 지면 벌칙 받는, 뭐 그런 겁니까?"

상자는 자기도 모르게 비아냥거리는 투로 말했다. 그러자 오와다도 순간 심술이 발동했다.

"아니. 벌칙 받는 꼬락서니를 하고 있는 건 오히려 너잖아."

"아닙니다. 전 제가 하고 싶어서 이렇게 하고 있습니다."

상자는 기죽은 목소리지만 단호하게 말했다. 아까부터 말투는 짐짓 겁에 질려 있는 것 같지만 하고 싶은 말은 딱 부러지게 하는 것 같다.

"우리도 그냥 하고 싶어서 하는 거야. 알았어? 우리는 고작 둘이서 이렇게 버려진 곳을 멋지게 만들어 보려는 거야.

훌륭한 원예반 소년들이란 말이다. 그러니까 너도 좀 도와라. 여긴 우리 말고는 아무도 오지 않고 혹시 갑자기 누가 온다고 해도 온실 안에 숨으면 돼. 우리도 얼른 감춰 줄 테니까 안심하고."

"억지로 시키는 건 좋지 않아."

나는 오와다를 말렸다.

"아니, 괜찮습니다. 알겠습니다. 원예반을 돕기로 하겠습니다. 도와주면 절대로 아무한테도 말하지 않겠다고 약속하는 거지요? 그것만 잊지 말아 주십시오."

상자는 목소리에 힘을 주어 말하더니 "그럼 내일부터 점심시간에 오겠습니다" 하고 온실을 나갔다. 상담실 문을 열더니 상자를 아무 데도 부딪히지 않고 절묘하게 스르륵 안으로 들어갔다.

그날 오후, 상자를 쓴 아이의 모습이 머리에서 떠나지 않았다. 눈앞에서 없어지고 나니 그런 녀석을 봤다는 것 자체가 거짓말 같다는 생각이 들었다. 사실인지 궁금해져서 1학년 1반에 중학교 동창이 있다는 게 생각나서 오후 수업이 끝나고 물어보러 갔다.

"우리 반인데 등교하지 않는 아이? 응, 있어. 쇼지라는 남자애. 출석부에는 올라 있어."

"어떤 녀석인지 본 적 있어?"

그 녀석은 어깨가 결리기라도 한 건지 목을 이리저리 돌리면서 아무러면 어떠냐는 식으로 대답했다.

"아니 한 번도 없어. 그보다 그 녀석 '등교 거부' 그런 거 아닌가. 그래도 입학해 놓고 나서 한 번도 오지 않을 거면 입학은 왜 했나 몰라."

그렇다면 같은 반 아이들은 결석을 하는 거라고 생각하는데 아무도 모르게 상자를 쓰고 상담실로 다니고 있다는 이야기다. 중학교 동창 녀석은 이상하다는 얼굴로 나를 보았다.

"시노자키, 왜 그런 걸 묻는데? 너, 그 아이 알아?"

"아니, 그냥 뭐랄까 처음부터 학교에 오지도 않는 녀석이 있다는 소문이 있길래 그냥 궁금해서. 그보다 요즘 어떻게 지내냐?"

갑자기 화제를 바꿨다.

"그저 그래. 너는 동아리 같은 데 들어갔어?"

"아니, 안 들어갔어."

원예반 이야기는 하지 않았다. 같은 반 친구도 요즘 들어 점심시간이면 어디를 가는 거냐고 물었지만 그냥 여기저기 돌아다닌다고 얼버무려 두었다.

"그래? 역시 안 들어갔구나. 뭐, 나도 안 들어갔지만. 이 학교는 동아리에 들어가는 아이들이 정말 적더라. 모두들 썰렁하다고 해야 할지, 열정이 없다고 해야 할지. 뭐, 시노자키 넌 중학교 때부터도 그런 느낌이긴 했지."

"그래도 난 중학교 때 농구부에 있었어."

"하지만 농구가 좋아서 했던 건 아니잖아."

그 녀석은 씨익 웃으며 말했다. 나는 순간 말문이 막혔지만 얼른 대꾸했다.

"그게 뭐 어때서? 동아리 활동을 안 하면 이런저런 소문이 들릴 거고 운동부에 들어가는 게 무시당하지도 않을 것 같고 내신도 있고. 안 하는 것보다 나은 건 해 두는 게 좋잖아. 그게 다야."

약속대로 다음 날 온실 안에 상자를 쓴 쇼지가 와 있었다. 눈에 띄지 않으려고 했는지 철제 선반에 숨듯이 쪼그리고 앉아 있다가 이쪽에서 나는 발소리를 알아듣고 몸이 통째로 돌아섰다. 아무래도 목만 돌리는 동작은 힘든 모양이다. 아무리 봐도 로봇 같다.

"이제 오신 겁니까?"

네모난 입에서 약간 불만스러운 목소리가 들렸다.

"도시락 다 먹고 콜라를 사 갖고 오느라고. 오와다는 나보다 조금 더 늦게 와."

"오와다 군이 그 불량해 보이는 사람입니까?"

"아직 우리 이름을 안 알려 줬구나. 그 녀석은 오와다 잇페이고 1학년 4반. 나는 시노자키 다쓰야, 1학년 2반."

"오와다 군도 시노자키 군도 저랑 같은 1학년입니까?"

"그래. 그러니까 존댓말 쓰지 않아도 돼."

"아닙니다, 이건 저만의 고집 같은 겁니다."

상자는 기죽은 억양이긴 하지만 자못 단호하게 말했다.

오늘도 2리터 생수병 상자에 구멍을 뚫어 개조한 덮개를 쓰고 있었다. 가만히 보니까 귀가 있을 위치에도 송곳으로 뚫은 듯한 구멍이 몇 개 나 있었다. 왜 이런 걸 쓰고 다니는 걸까. 덥지 않을까. 느낌은 어떨까.

"저기, 지금 마침 시노자키 군밖에 없으니까 물어보고 싶은 게 있는데…. 오와다라는 그 사람, 믿어도 되는 겁니까? 그런 타입은 이 학교에서는 드물겠지요?"

그건 그렇지만 상지를 쓰고 있는 학생은 더 드물 거다.

"시노자키 군은 성실해 보이고 제 이야기를 다른 데 가서 하지 않겠다는 약속을 지켜 줄 거라고 생각합니다. 하지만 그 사람은 어떨까요? 화초에 물 주는 일을 도와주면 정말 나가서 떠벌리지 않을까요?"

순간 구멍 속으로 눈이 뚜렷하게 잘 보였다. 크고 쌍꺼풀이 있는 눈이다. 불안한 시선이 이리저리 헤매고 있었다. 진짜 걱정이 되는 모양이다.

"사람은 겉만 보고는 알 수 없는 거야. 오와다는 특히 더."

"정말입니까?"

"괴짜지만 나쁜 친구는 아닌 것 같아."

"그렇습니까?"

쇼지는 조금 안심하는 것 같았다.

조금 뒤에 오와다가 왔다.

"아, BB도 정확히 와 있군."

"BB?"

"어제 그 충격적인 만남이 있고 난 뒤에 나는 이 친구를 BB라고 부르기로 했어. BB는 '박스 보이'의 준말이야."

그걸 마음속이 아니고 입 밖으로 꺼내면 어쩌냐. 방금 내가 쇼지한테 나쁜 친구는 아니라고 기껏 말해 줬건만.

걱정이 되어 상자를 봤지만 쇼지의 표정은 알 수 없었다.

오와다는 창고에서 물뿌리개 세 개를 꺼내 "야!" 하며 쇼지에게 하나를 주고 수도가 있는 장소를 가르쳐 주었다. 쇼지는 온실 안에 있는 화분에 물을 주고, 나와 오와다가 온실 밖에 있는 화분에 물을 주었다. 수도꼭지까지 갔다 올 일도 없이 금방 일이 끝났다.

"셋이서 하니까 눈 깜짝할 사이에 끝나는구먼."

오와다가 우유 팩에 빨대를 꽂으며 말했다.

"BB는 도시락 먹을 때는 어떻게 하나?"

"예?"

긴장한 목소리다.

"상자를 쓴 채로 먹어? 아니면 벗고 먹어?"

"…벗지 않습니다. 그냥 먹습니다."

"그냥 먹다니, 그 네모난 구멍으로 입까지 갖고 가는 거야? 힘들지 않나? 젓가락으로 먹냐?"

"저기…, 물을 다 줬으니까 이제 가도 되겠습니까? 그럼 먼저 실례하겠습니다."

쇼지는 온실을 나가 어제와 마찬가지로 상담실 문을 조금 열고 상자를 어디 부딪치지도 않고 스르르 들어갔다.

"뭐야, 잽싸게 도망치기는."

오와다는 아쉬운 듯 쯧, 하고 혀를 찼다.

 여전히 씨앗에서 싹이 나오지 않았고 꽃도 아직 피지 않았지만 쇼지가 참여한 덕분에 묘한 긴장감이 있었다. 어떤 얼굴을 하고 있을까, 왜 저런 걸 쓰고 있을까, 덥지 않을까… 상자를 보고 있으면 자꾸 호기심이 솟지만 쇼지의 굳은 태도를 보면 그런 질문을 할 수 없었다. 게다가 쇼지는 물 주는 게 끝나면 곧바로 상담실로 돌아가 버렸다.

 5월은 연휴가 있어서 학교에 오는 날이 적었다. 연휴를 핑계로 더는 오지 않을지도 모르겠다고 생각했지만 빼놓지 않고 왔다. 그것도 늘 가장 먼저 와 있었다. 다음이 나, 마지막으로 오와다.

 셋이서 물을 주기 시작한 지 일주일 정도가 지났다. 물을 주다가 뜻밖에도 화분 하나가 시들어 갈색으로 변해 가고 있다는 걸 알아차렸다.

"왜 이러지? 말랐나?"

"날마다 이렇게 물을 주는데 마를 리가 없지. 그냥 물이 좀 부족한 거 아닐까. 물을 조금 더 주자."

"저기…" 하고 뒤에서 쇼지 목소리가 들렸다.

"주제넘은 소리인지도 모르지만 근부병에 걸린 건 아닐까요?"

쇼지가 먼저 말을 걸어오는 일은 드물었다. 나도 오와다도 상자를 돌아다보았다.

"근부병? 그게 뭐야?"

"뿌리가 썩어 가는 병입니다. 그리고 그 화분은 그 화초가 자라기에는 너무 작습니다. 아마도 뿌리가 촘촘하게 뭉쳐 있을 것 같습니다. 거기다가 날마다 물을 주니까 근부병이 나서 시들어 가는 게 아닐까 해서요."

오와다가 조금 퉁명스러운 얼굴로 말했다.

"물을 너무 주면 화초가 망가지다니, 무슨 소리야? 씨앗도 싹이 나오지 않고, 이상하잖아."

"아니오, 싹은 이미 나와 있습니다."

"거짓말 마!"

"정말입니다."

나랑 오와다는 헐레벌떡 씨를 뿌려 놓은 화분을 들여다보았다. 하지만 싹은 보이지 않았다.

"야 BB, 말도 안 되는 소리 하지 마."

"자세히 잘 보십시오."

얼굴을 들이대고 자세히 봤다.

"나왔어!"

나도 모르게 소리를 질렀다. 내가 씨를 뿌린 화분에서 1밀리미터가 될까 말까 한 연두색 떡잎이 몇 개나 나와 있었다.

"와, 대단하다. 잔뜩 나와 있어!"

얼핏 봐 가지고는 흙 색깔에 묻혀 알 수 없을 정도로 작은 싹이다.

"정말."

오와다도 본 모양이다.

"하지만 이렇게 작을 줄이야."

확실히 조금 더 큰 싹이 나올 거라고 생각했다. 유일하게 키워 본 적이 있는 식물이라면 초등학교 때 키운 나팔꽃인데 그 이미지가 너무 강했는지도 모른다. 나팔꽃은 떡잎이 이것보다 훨씬 컸다. 하지만 생각해 보면 당연한 일인지도 모른다. 가루에 가까울 정도로 미세한 씨였다. 그렇게 작은 씨에서 큰 떡잎이 나올 리가 없지.

재빨리 물을 주려고 하자 쇼지가 다시 말했다.

"잠깐만요. 그걸로 물을 뿌렸다가는 겨우 올라온 싹이 뭉개질지도 모릅니다."

그러면서 내가 들고 있는 물뿌리개의 물이 나오는 곳을

가리켰다.

"여기 붙이는 샤워 꼭지는 없습니까?"

"야, 주전자 꼭지 같은 주둥이에 도대체 뭘 붙인다는 거야?"

오와다가 옆에서 끼어들었지만 쇼지는 무시하는 건지 대답을 하지 않았다.

"이 끝에 붙이는 부품은 없었습니까?"

그러고 보니 생각이 났다. 처음에 창고에서 이걸 꺼냈을 때 안에 샤워 꼭지 같은 것이 들어 있었다. 창고로 가서 꺼내다가 보여 주자 "맞아요. 그겁니다." 하고 상자가 아래위로 흔들렸다.

"그걸 분무 꼭지라고 합니다. 작은 싹은 이 분무 꼭지를 꽂고 물을 주는 게 좋습니다. 안 그러면 수압에 눌려 싹이 망가집니다."

듣고 보니 맞는 말이다. 늘 하듯 힘차게 물을 뿌리면 여린 싹은 뭉개져 버릴 것이다.

"이거 어떻게 다는 거지?"

"꽂으면 됩니다."

쇼지는 그렇게 말하며 샤워 꼭지를 물뿌리개 끝에 꽂았다.

"구멍이 있는 쪽이 위로 가게 해서 꽂으면 가장 부드럽게 물이 나올 겁니다."

그렇게 물을 주니 지금까지는 굵게 하나로 쏟아져 나오던 물줄기가 부드러운 안개가 되어 나왔다. 정말 신기했다. 보고 있던 오와다도 얼른 자기가 들고 있던 물뿌리개에 분무 꼭지를 달았다. 그러고는 싹이 나와 있지 않은 화분에 물을 주기 시작했다.

"재미있네. 꼭 비 오는 것 같다."

"하지만 분무 꼭지를 꼭 꽂아야 하는 건 아닙니다. 꽃이 피어 있을 때는 꽃잎이 물에 젖지 않도록 꼭지를 달지 않고 가는 물줄기를 뿌리 쪽에 꽂아 물을 주는 게 더 좋다고 합니다."

"쇼지, 넌 어떻게 그렇게 잘 알아?"

나는 상자를 보며 감탄하면서 말했다.

"아니오, 제가 잘 아는 게 아닐 겁니다. 말하기는 좀 뭣하지만 오와다 군과 시노자키 군은 정말 그냥 물만 주고 있을 뿐입니다."

무슨 뜻이지?

"여기 있는 식물 이름이 뭔지, 어떤 방식으로 키워야 할지에 대해서는 알려고도 하지 않는 것 같습니다. 만약 정말 꽃으로 가득한 화원으로 만들고 싶다면 조사해 보는 게 좋을 거라 생각합니다."

오와다가 가슴을 펴며 대들었다.

"씨는 무슨 꽃인지 알아. 분명히 스토크와 피튜니아였어. 그리고 지금 싹이 나온 건 시노자키의 싹이니까 피튜니아일 거야. 그렇지?"

오와다는 동의를 구하듯 내 쪽을 봤다.

"맞아."

하지만 이것 말고는 다른 화분에 있는 식물들은 뭔지 모른다.

"쇼지 너는 여기 있는 화분 다 알아?"

"조사를 해 봐서 대충은 압니다."

"그럼 시들어 버린 저 풀은 이름이 뭐야?"

"그건 팬지나 팬지의 작은 종인 비올라일 겁니다."

"그럼 이쪽 하트 모양의 잎은?"

처음에 물을 주고 '∧' 모양이 '∨' 모양으로 꼿꼿하게 살아나 감동했던 화분이다.

"그건 베고니아입니다."

"그럼 거기 늘어놓은 것들 이름도 말해 봐."

"으음, 그러니까 그 옆에도 베고니아입니다. 그리고 그다음이 버베나, 그 옆이 향기별꽃. 그 맞은편은 샐비어, 그 옆의 화분 두 개는 시클라멘입니다. 그 옆은 아마 아메리칸블루일 겁니다.

그리고 또 한 가지, 원예용 도구도 좀 더 깔끔하게 다루는 게 좋겠습니다. 삽이나 원예 가위 같은 것도 쓰고 나면 깨끗이 씻어서 말려 놓도록 합시다."

"씻어서 말리다니, 그렇게까지 해야 돼?"

"물이 묻은 채로 두면 금방 녹이 슬고 흙이나 풀물이 묻어서 지저분해진 가위를 쓰면 꽃이 병드는 경우도 있다고 합니다."

"BB, 너희 꽃집 하는 거 맞지?"

오와다가 자신만만하게 말했다.

"아닙니다. 어제 원예 책을 한 권 읽었을 뿐입니다."

쇼지는 정색을 하고 대답하고 나서 오와다를 보았다.

"오와다 군은 읽지 않은 겁니까?"

갑작스러운 추궁에 오와다는 잠깐 당황하다가 얼른 얼버무렸다.

"아, 나는 그냥 닥치는 대로 하자 주의라서."

그날 방과 후에 오와다가 우리 교실로 찾아왔다.

"시노자키!"

큰 소리로 부르자 반 친구들이 오와다와 나를 번갈아 쳐다보았다. 어라, 하는 표정을 짓는 녀석도 있다. 어울리지 않는 조합이라고 생각할 거다.

오와다는 1학년 사이에서 이미 유명하다. 거의 없는 눈썹은 선생님한테 불려 나가 지적을 받아도 그대로고 풀어헤친 넥타이며 축 늘어지게 입은 바지는 주의를 받으면 그 자리에서는 제대로 매무새를 바로잡지만 선생님이 없어지면 얼른 원래대로 늘어뜨린다.

"도서실에 가지 않을래?"

"뭐 하러?"

"한가하니까 원예 책이라도 좀 들여다볼까 하는데."

오와다는 부끄러운지 딴 데를 보면서 말했다. 나는 웃었다.

"좋아. 나도 읽어 봐야지 하고 생각했거든."

2관 꼭대기 층에 있는 도서실로 가니 원예에 관한 책은 생각한 것보다 많이 있었다. 나는 《원예 강좌 첫걸음》이라는 책을 골랐다.

책에는 쇼지가 말한 내용이 그대로 적혀 있었다. 물은 샤워 꼭지를 꽂고 부드럽게 주거나 샤워 꼭지를 떼고 가느다란 주둥이를 밑동에 꽂듯이 해서 주거나 여러 가지 방법이 있었다.

중요한 건 꽃잎에는 물이 닿지 않도록 할 것, 물줄기가 너무 강하면 흙이 튀는데, 그 흙이 식물에 묻지 않도록 조심할 것.

원래 물을 주는 건 흙을 적시는 게 아니고, 흙 속에 있는 공기를 물로 밀어내고 새로운 공기를 넣어 주는 것이다. 식물의 뿌리도 호흡을 하기 때문에 신선한 공기가 필요하기 때문이다.

그리고 말라 있으면 화분 바닥에서 물이 흘러나올 때까지 듬뿍 주는 것이 기본이고, 젖어 있을 때는 주지 않는다. 매일 한 번 기계적으로 정해서 주는 게 아니라 장소나 계절에 따라 그리고 물이 말라 있는 상태에 따라 준다. 그러니까 이틀, 사흘에 한 번 주면 되는 식물도 있고 하루에 두 번씩 주는 게 좋은 경우도 있다.

물을 주지 않는 것도 나쁘지만 너무 많이 주는 건 더 나쁘다. 근부병을 일으키기 때문이다. 흙이 말라 있는지 젖어 있는지 확인도 하지 않고 매일 조금씩 형식적으로만 주는 게 가장 나쁘다.

읽다 보니 제법 재미가 있었다. 물 주는 것 하나만 해도 이렇게 많은 목적과 방식이 있다니.

오와다도 옆에서 《정원 가꾸기 기본》이라는 책을 읽고 있다. 이따금 "설마 그럴 리가!" 그러다가 혹은 "진짜?" 하고 큰 소리로 혼잣말을 중얼거렸다. 그때마다 접수창구에 있는 도서실 선생님이 눈치를 줬다.

이튿날 점심시간, 근부병이 든 팬지를 화분에서 빼냈다. 죽은 뿌리는 검게 변한다고 쓰여 있었는데, 정말 그랬다. 팬지에게 미안한 마음이 들었다. 쇼지 말대로 미리 알아 두면 좋았을 텐데 싶었다.

오와다는 하얀 비닐봉투를 들고 왔다. 안에는 작은 화분이 들어 있었다.

"그거 뭐야?"

오와다가 씨익 웃었다.

"우리 집 근처 꽃집에서 사 왔어."

어제 읽은 책에서 씨앗을 뿌려 싹을 틔우는 단계부터 기르는 것보다 꽃이 피기 시작한 단계까지 키워 놓은 모종을 사는 것이 일반적이라고 쓰여 있었다고 한다.

오와다가 사 온 것은 노랗고 작은 꽃이었다. 화분 하나에 2백 엔이었다고 한다. 검고 물렁물렁한 컵 모양의 플라스틱 화분에 담겨 있고 흙에 꽂힌 이름표에는 '금송화'라고 쓰여 있다.

오와다가 물을 주려고 하자 쇼지가 말했다.

"물을 주기 전에 조금 더 큰 화분으로 옮겨 심는 게 좋을 것 같습니다."

"이대로 물 주면 안 되는 거야?"

"그 검은 화분은 포트라고 하는데 꽃모종을 팔 때 식물을 담는 간이 화분입니다. 게다가 앞으로 더 자랄 테니까 조금 더 큰 화분에 옮겨 심는 게 좋을 것 같습니다."

쇼지의 조언에 따라 곧장 창고에서 원예용 흙과 한 치수 큰 화분을 꺼내 와서 흙을 담고 금송화를 옮겨 심었다. 원예반에 등장한 첫 번째 꽃이다. 녹색 잎과 흙밖에 없었던 곳에 꽃이 나타나니 분위기가 한층 밝아졌다.

"그리고 점심시간에 모이는 건 이제 그만두자."

오와다가 선언하듯 말했다.

"뭐?"

설마 꽃을 심었으니까 이걸로 푸른 잎과 꽃으로 가득한 화원은 끝이라는 건가.

오와다가 나를 보았다.

"시노자키, 그 표정을 보니까 뭔가 착각한 모양인데. 물은 점심시간이 아니고 일주일씩 교대로 오전 중에 주자는 거야. 앞으로 날씨도 더워질 테니까."

이것도 어제 읽은 책에 "물 주기는 오전 중에 하는 게 기본이다"라고 쓰여 있었다고 한다. '단순명쾌남'이라는 별명을 오와다에게 붙여 주고 싶다.

"오전 중이라니 언제를 말하는 겁니까?"

쇼지가 물었다.

"그건 당번에게 맡겨야지. 기온이 올라가기 전이면 아무 때나 괜찮아. 수업 시작 전에도 좋고 오전 수업 중간에 쉬는 시간도 좋아. 흙이 젖어 있으면 물은 주지 말아야겠지. 그 판단은 각자 알아서 하는 거야. 그리고 물 주는 거 말고 다른 활동은 일주일에 두 번 화, 금요일 방과 후에 모여서 하기로 한다. 어때?"

"좋아" 하고 나는 고개를 끄덕였다.

"BB는?"

상자가 세로로 흔들리며 끄덕인다.

"저도 괜찮습니다."

방과 후에 모이니까 진짜 동아리 활동 같다는 느낌이 들었다.

점심시간에 모이면 시간에 쫓겨 손이 많이 가는 작업은 서둘러야 했는데 방과 후에는 그런 구애를 받지 않아도 된다. 그렇게 꼼꼼하게 작업을 하다 보니까 풀이나 꽃이 그 전에 봤을 때랑 어떻게 달라졌는지 더 잘 알 수 있었다.

게다가 일주일에 두 번 정도는 방과 후에 남는 것이 생활에도 탄력이 생겨 좋았다. 전에는 수업이 끝나기가 무섭게 곧장 집으로 갔다. 집에서 게임을 하거나 일찌감치 저녁 먹고 공부하면서 보냈는데, 고등학교 생활에 적응이 되었는지 그런 일상이 단조롭게 느껴질 즈음이었다.

오와다는 금송화를 들여오고 나서 기분이 좋아졌는지 어

느 날 또 모종 하나를 사 왔다. 루피너스라는 이름을 가진, 파란 포도송이가 거꾸로 서 있는 듯한 모양의 꽃이다. 흙을 담고 화분에 옮겨 심으니 노란색 금송화에 파란색 루피너스가 어우러져 훨씬 풍성한 느낌을 주었다.

나도 오와다를 따라 모종을 사 보려고 저녁거리를 사러 슈퍼마켓에 다녀오는 길에 꽃집에 들렀다. 노란색, 파란색이 있으니까 나는 빨간색이 좋겠다 싶었다. 마침 새빨간 꽃이 있었다. 작은 꽃이 잔뜩 피어 있었다. 이름은 아프리카봉선화. 3백 엔이면 값도 부담이 없다.

그날 밤에 퇴근하고 집에 돌아온 아버지가 물었다.

"현관에 있는 저 꽃은 웬 거냐?"

아프리카봉선화를 두고 하는 말이었다.

"제가 사 왔어요. 내일 학교에 갖고 가려고."

아버지는 부엌 가스레인지에 올려놓은 냄비를 데웠다. 우리는 2주일에 한 번은 카레라이스를 먹는다. 주말에 둘이서 잔뜩 만들어 둔다.

"넌 벌써 먹은 거냐?"

"예."

아버지는 냉장고에서 오이를 봉투째 꺼내 씻더니 마요네즈와 캔 맥주와 데워 놓은 카레를 덜어 거실 테이블로 가지고 와서 먹기 시작했다.

"왜 저런 걸 학교에 가지고 가냐?"

"원예반에 들어갔거든요."

짐짓 아무 일도 아니라는 투로 말했다.

"뭐라고?"

조금 놀란 목소리였지만 아버지는 더는 아무것도 묻지 않고 텔레비전을 보았다. 오이를 먹는 아삭아삭 소리를 옆에서 듣고 있자니 갑자기 먹고 싶어졌다.

"하나 먹어도 돼요?"

"먹어라."

오이 한 조각을 들고 마요네즈를 잔뜩 발라 먹었다.

"오이도 심었어?"

아버지가 문득 생각이 난 듯 물었다. 나는 짧게 웃었다.

"아니요. 꽃밭인걸요."

"그래? 꽃밭이라고."

"그냥 엉겁결에 시작한 일이라서."

아버지가 맥주를 마시고 꺼억, 하고 트림을 했다.

"넌 항상 뭐든지 꼼꼼하게 계획해서 하니까. 가끔은 엉겁결에 하는 것도 괜찮아."

아침 물 주기로 바꾼 게 효과가 좋았는지 얼굴도 모르는 원예반 선배들이 남기고 간 화분에서 꽃이 피기 시작했다.

우선 첫 번째로 꽃을 피운 건 '∧' 모양에서 '∨' 모양으로 살아났던 베고니아였다. 처음 봤을 때는 하트 모양 잎이 시들어 말라 가고 있었는데 지금은 광택제를 바른 듯 반들반들 빛이 나고 밑동 중심에서 꽃줄기가 나왔다. 그리고 장미꽃이랑 살짝 닮은 여러 겹의 분홍색 꽃이 피기 시작한 것이다.

마찬가지로 원예반 선배들이 남겨 놓은 화분 가운데 샐비어도 피기 시작했다. 가늘고 길게 뻗은 꽃줄기에 작고 붉은 자주색 꽃송이가 세로로 피는 꽃이다.

온실에 있던 제라늄도 꽃을 피우려고 했다. 꽃줄기 하나가 포기 중심에서 뻗어 나와 그 꼭대기에 빨갛고 작은 꽃들이 장난감 같은 모습으로 피려 하고 있었다.

꽃이 피는 걸 보고 나도 오와다도 도서실에서 빌려다 놓은 초보자용 원예 책을 보고 어떤 꽃인지 확인했다.

그래도 모르는 것이 있으면 쇼지에게 물어봤다. 어떨 때는 책에서 답을 찾는 것보다 더 빨랐다. 쇼지는 꽃 이름도, 기르는 방법도 거의 완벽하게 알고 있었다. 어쨌거나 우리보다는 머리가 좋은 아이인 것 같았다.

그건 원예 말고 다른 이야기를 해도 알 수 있었다. 예를 들면 5월 하순에 중간고사를 치르는데, "쇼지는 중간고사 보는 거야?" 하고 물어보니 당연하다는 듯 상자가 세로로 흔들렸다.

"봅니다. 지금까지 작은 시험도 상담실에서 빠짐없이 봤습니다."

"상자 쓰고 밥도 먹을 수 있고 공부도 할 수 있고. BB는 대단하다."

다시 오와다가 놀렸다. 그러자 상자가 오와다 쪽을 향해 움직였다.

"오와다 군은 중간고사 제대로 준비하고 있습니까? 예를 들면 영어 같은 경우 'have+과거분사' 구문은 꼭 나올 겁니다."

"무슨 소리야?"

"예를 들면 '나는 3주 동안 꽃에 물을 주고 있습니다' 같은 거지요."

"그런 건 간단하지. 'I give water flower three weeks' 이러면 되지."

"틀렸습니다. 'I have watered flowers for three weeks'가 맞아요. 계속 물을 주는 거니까 계속의 완료 시제입니다. 'have+과거분사'로 된 완료 시제 구문은 이번 시험에서 중요한 포인트가 될 겁니다."

쇼지는 다른 과목에 대해서도 시험에 나올 만한 부분을 이야기해 주었다. 그리고 실제로 그 예상은 멋지게 적중했다. 시험이 끝나고 난 뒤 교실 앞 복도에서 우연히 만난 오와다에게 말했다.

"쇼지 녀석 대단해. 녀석이 말한 게 시험에 다 나왔잖아."

"난 하나도 제대로 못 맞혔는데."

"왜? 기껏 가르쳐 줬는데 공부 안 했어?"

"하려고 했는데 졸려서. 나 아마 성장기인가 봐."

오와다가 늘어지게 하품을 하면서 말했다.

 중간고사가 끝난 다음 주 방과 후 시간. 쇼지와 내가 창고 뒤에서 늘 그렇듯 오와다를 기다리고 있는데, 교실 건물 쪽에서 목소리가 들렸다. 그런데 좀 이상했다. 오와다 목소리 말고 다른 목소리가 들리는 것이다. 누군가 같이 오고 있는 모양이다.
 "이 안이 그거야. 바로 그 비밀의 화원."
 자랑스러워 하는 오와다의 목소리가 들렸다. 곧 오와다는 "자, 그럼 너희도 얼른 가서 동아리 활동 열심히 해" 하고 말했다.
 "보고 싶어. 보고 갈래." 또 다른 목소리다.
 "안 된다니까. '비밀의 화원'이라고 했잖아. 빨리 너희 동아리로 가."

오와다 목소리가 갑자기 당황스러운 목소리로 바뀌었다.
"잠깐만 본다니까."
"안 된다니까."
오와다가 말리려고 하는데도 목소리가 점점 가까워지고 있었다. 나는 놀라 쇼지를 보았다. 쇼지는 온실로 뛰어 들어가 구석에 쪼그리고 앉았다. 상자가 비닐 너머로 보였다. 나는 쇼지를 가리듯 온실 입구를 막아섰다.

창고 사이로 운동복을 입은 남학생 두 명이 나타났다. 오와다와 같은 반 아이들이다. 둘 다 테니스 라켓을 들고 있었다.

오와다는 나를 보더니 난처한 듯 웃었다. 그리고 눈만 휘둥그레 움직였다. 쇼지를 찾는 모양이다.

"우와, 이런 데가 있었네."
"꽃도 피어 있고. 오와다가 이런 일을 하다니 뜻밖인걸."

오와다네 반 친구들은 땅바닥에 가지런히 놓인 화분을 보고 있었다. 두 사람 가운데 하나가 온실 앞을 가로막고 서 있는 나를 알아보고 살짝 고개를 숙였다. 나도 얼른 고개를 숙여 인사했다. 동시에 이쪽으로 가까이 오지 마, 하고 마음속으로 간절히 속삭였다. 하지만 통하지 않았다.

"와, 대단하다. 온실까지 있어."

고개를 숙였던 그 녀석이 걸어온다. 어쩌지. 비닐 너머로 잠깐 보기만 하는 거라면 상자가 놓여 있는 것처럼 보일까. 하지만 입구의 비닐을 들치고 안을 들여다보기라도 했다가는 머리에 상자를 쓴 쇼지의 모습은 그대로 보이고 말 거다.

"야! 이 자식들아, 꺼져! 빨리 너네 동아리로 가!"

오와다가 소리쳤다. 두 사람이 흠칫 놀란다.

"왜 갑자기 화를 내는 거야? 그렇게 소리칠 건 없잖아."

두 사람이 무안한 얼굴로 돌아가자 단번에 긴장이 풀렸다. 입구의 비닐을 들치고 쇼지를 불렀다.

"다 갔어. 괜찮아."

구석에 쪼그리고 앉아 있던 쇼지는 천천히 일어나 온실에서 나왔다. 오와다가 빡빡머리를 긁었다.

"BB, 미안하다. 교실에서 나오다가 그 녀석들을 우연히 마주쳐서 같이 오게 된 거야. 설마 여기까지 따라올 줄은 몰랐어."

"…역시 오와다 군은 그런 사람이었군요."

"역시라니, 무슨 소리야?"

"원예반 활동을 도와주면 절대로 아무한테도 말하지 않겠다고 약속했잖습니까. 나한테는 그 약속이 무엇보다 중요합니다. 오와다 군도 약속을 제대로 지켜 주십시오."

"그러니까 미안하다고 했잖아."

"나는 지금까지 내가 할 수 있는 한 협조해 왔다고 생각합니다. 그쪽도 조금 더 신중하게 행동해 주십시오. 잠깐이라도 들키면 난처하다는 걸 왜 이해해 주지 않는 겁니까?"

오와다도 목소리가 갑자기 거칠어졌다.

"그렇게 뻐길 거 없어. 애당초 상자 따위를 뒤집어쓰고 있는 네가 틀려먹은 거야. 그렇게 들키고 싶지 않으면 상자를 벗으면 되잖아."

"어떻게 그런 말을 아무렇지도 않게 하는 겁니까? 오와다 군이 싫다는 나를 억지로 참가하라고 한 거 아닙니까? 나는 약속을 지켰습니다. 그러니까 오와다 군도 약속을 지켜 주십시오."

"그렇게 싫으면 관두면 돼. 협조 따위 필요 없어. 그만둬!"

그 순간 쇼지가 입을 다물었다.

"알겠습니다."

상담실을 향해 걸음을 옮겼다. 나는 얼른 말렸다.

"쇼지, 잠깐!"

언제나처럼 문을 조금 열고 재빨리 안으로 들어가려다가 문틀에 상자가 부딪혔다. 쇼지는 순간 비틀거렸지만 잽싸게 안으로 들어가 문을 탁, 닫았다.

나는 오와다를 보았다. 엷은 눈썹이 불쑥 튀어나와 있었다.

"괜찮을까?"

"내버려둬!"

"쇼지가 그렇게 마음에 들지 않았던 거야?"

"됐어. 그보다 오늘은 피튜니아를 나눠 심어야지. 빨리 하자고."

그날은 본잎이 다섯 개까지 나온 피튜니아를 플라스틱 포트에 하나씩 나눠 심는 작업을 하기로 했다. 씨를 뿌릴 때 화분에 그대로 뿌려 이제는 화분이 비좁아 보이도록 잎이 나 있었다. 그 가운데에서 건강한 것을 골라 비닐 포트에 하나씩 옮겨 심는 것이다.

땅바닥에 신문지를 깔고 밑동을 다치지 않도록 꺼낸 피튜니아를 쏟아 놓는다. 그것을 나무젓가락으로 조심스럽게 갈라놓는다. 뿌리가 끊어지지 않도록 조심하면서 한 포기씩 나눈다. 원예용 흙을 담은 비닐 포트에 심는다. 이 순서는 모두 쇼지가 지난번에 가르쳐 준 것이다.

둘이서 말없이 작업에 몰두했다. 오와다는 아직 화가 나 있는지 예전 같으면 쉴 새 없이 떠들어 댈 텐데 한마디도 하지 않았다.

피튜니아를 한 포기씩 심은 포트 스무 개가 완성됐다. 흙과 도구를 창고에 정리하고 수도로 가서 손을 씻으면서 다시 한번 물었다.

"쇼지가 그만둬도 괜찮아?"

"관두고 싶으면 관두라 그래."

망설이기는 했지만 나는 집으로 가기 전에 상담실에 들러 보기로 했다.

상담실은 2관 끝에 있어서 복도를 쭉 걸어가야 한다. 쇼지처럼 온실 옆에 있는 쪽문으로 들어가면 가장 가깝다. 오와다가 먼저 돌아간 다음 문 손잡이를 살짝 돌려 봤지만 잠겨 있어서 들어갈 수 없었다.

상담실 앞까지 온 건 처음이었다. 문에는 '누구나 부담 없이'라고 쓴 나무 팻말이 걸려 있었다.

아직 쇼지가 안에 있는지, 집에 갔는지 알 수 없지만 이야기를 하려면 되도록 빨리 하는 게 좋을 것 같았다. 오와다와 쇼지가 처음부터 삐걱거린 것은 알고 있었지만 오와다는 쇼지를 진짜 싫어하는 건 아니다. 그렇지만 쇼지가 정 내키지 않는다면 그만두면 된다. 그 애 말대로 우리가 억지로 원예반 멤버로 만들어 버린 거니까. 하지만 그만둔다고 해도 이 상태로는 아무래도 뒷맛이 개운치 않았다.

노크를 하자 곧바로 여자 목소리가 들리면서 문이 열렸다. 여자는 화장을 하지 않은 학생 같은 분위기였지만 가슴에 '스쿨 카운슬러'라는 이름표를 달고 있었다.

"죄송합니다. 여기 1학년 쇼지 있습니까?"

스쿨 카운슬러 선생님은 깜짝 놀라는 얼굴을 했다.

"혹시 원예반 학생?"

"예, 시노자키라고 합니다."

스쿨 카운슬러 선생님이 빙그레 웃었다.

"어서 들어와."

방 안에는 테이블과 의자 세트가 놓여 있고, 선생님 책상인 듯한 카운터가 있었다.

"쇼지에 대해 아무한테도 말하지 않은 거 고마워."

"알고 계셨습니까?"

"처음에 들었을 때는 나도 놀랐어. 그래도 걱정은 했지. 상자를 벗고 아무렇지 않게 교실에 들어갈 수 있을 때까지 여기로 다닐 수 있게 배려해 준 거야. 그런 모습으로 학교에 나오면 다른 학생들이 아무래도 위화감을 느낄 테니까 절대 들키지 않게 해 주고 있는 거지."

"그런데 쇼지는 집에 갔습니까?"

"아직 있어."

선생님의 시선이 안쪽을 향했다. '개별 상담실'이라는 팻말이 붙은 작은 방이 두 개 있었다. 왼쪽 작은 방은 문이 열려 있었고 안에 아무도 없었지만 오른쪽 문은 '사용 중'이라는 팻말이 걸려 있고 닫혀 있었다.

"시노자키가 이렇게 와 줘서 쇼지도 분명 기뻐할 거야. 점심시간에 물 주는 일을 도와주러 가면서부터 쇼지의 분위기가 많이 달라졌거든. 저런 모습으로 있으니 어떤 표정인지는 알 수 없지만 굉장히 재미있어하는 것 같던데."

"정말입니까?"

오와다랑 한 약속 때문에 날마다 오는 줄 알았다. 아주 싫어하는 느낌은 없었지만 즐겁게 생각하는 줄은 생각도 못 했다.

선생님이 노크를 하고 문을 열자 의자가 하나 있었다. 거기에 작은 상자가 놓여 있었다. 아니, 상자가 아니다. 쇼지가 앉아 있었다. 상자 왼쪽 위 귀퉁이가 찌그러져 있었다. 아까 문틀에 부딪혀서 그럴 거다.

선생님이 작은 방을 나가고 문이 닫혔다. 한 평이 채 안 되는 좁은 방이었다. 불투명 유리 너머로 빛은 들어오지만 천장이 낮아 답답하게 느껴졌다. 쇼지가 앉아 있는 의자 앞에는 책상이 있고 교과서와 참고서, 인쇄물, 노트, 샤프 같은 것이 놓여 있었다.

"아직 있었구나. 다행이다."

"저는 학생들이 다 가고 나서 여길 나가기 때문에…."

"그런데 집에 갈 때는 어떻게 해?"

상자를 쓴 채로 나가면 사람들의 눈길을 끌 것이다.

"뒷문으로 부모님이 차로 데리러 오십니다. 아침에도 데려다주십니다."

"그런 모습을 아무한테도 들킨 적이 없다고?"

"지금까지는 그렇습니다."

그 말만 하고 입을 다물었다. 이렇게 좁은 곳에서 침묵이 흐르니 더 답답하다.

"그래서 원예반은 어떻게 할 거야? 이제 안 올 거야?"

쇼지는 다시 입을 다물었다.

"…난 정말 놀랐습니다."

"놀랐다고?"

"처음에 오와다 군을 봤을 때 말입니다. 그 눈썹이며 머리도 그렇고 교복도 아무렇게나 입는 모습이 완전히 불량학생 차림 아닙니까. 이 학교에도 이런 학생이 있는 건가 싶어 충격을 받았습니다. 그래서 처음에는 오와다 군을 무척 경계했습니다. 하지만 시노자키 군 말대로 불량기는 있지만 나쁜 사람은 아니라는 걸 알았습니다.

…그런데 오늘 사람을 데리고 오는 걸 보고, 역시 저랑 한 약속을 가볍게 생각하고 있구나 싶으니까 화가 났습니다."

"하지만 일부러 그런 건 아니잖아."

쇼지는 수줍게 말했다.

"그렇습니다. 제가 갑자기 욱해서 화를 냈던 겁니다."

나는 내심 안도의 한숨을 내쉬었다. 그렇다면 이야기는 간단하다.

"그럼 올 거지? 오와다는 그만두라고 말은 했지만 절대로 진심은 아닐 테니까."

"…예. 하지만 아직 오와다 군하고는 아무래도 쉽게 대화를 할 수가 없습니다. 아니, 전 아무하고도 쉽게 이야기를 못 하기는 하지만 그래도 원래 오와다 군처럼, 아니, 오와다 군은 좀 다릅니다만 그런 불량기가 있는 사람은 정말 싫습니다."

그런 부류를 좋아하는 사람은 별로 없을 것이다.

"사실은 중학교에서도 우리 반에 불량학생이 몇 명 있었습니다. 그 아이들이 제 얼굴을 보며 놀리기도 하고 때리기도 했습니다. 그래서 학교에 갈 수 없게 된 겁니다. 선생님이 우리 집까지 찾아오셨지만, 전 한 번 방에 틀어박히면 밖으로 나오기가 너무 무서웠습니다. 내 방이라는 건 참 좋습니다. 절 지킬 수도 있고 다른 사람한테 보이지도 않고. 하지만 이대로 살면 안 될 것 같다는 생각에 답답했습니다. 그때 저희 집 밥솥이 고장이 났습니다."

"밥솥?"

"전기밥솥 말입니다. 저희 집 밥솥이 고장이 나서 어머니가 새 걸 사 오셨습니다. 바로 그 새 전기밥솥이 들어 있던 상자를 본 순간 기발한 생각이 떠올랐습니다."

쇼지의 목소리가 갑자기 밝아졌다.

"머리에 써 봤습니다. 그랬더니 생각한 대로였습니다. 내 방에 있는 것과 똑같다고는 할 수 없지만 꽤 안심이 되었습니다. 남들이 제 얼굴을 볼 수도 없고 만약 때리려고 해도 상자가 얼굴을 지켜 줄 테니까요. 이거야말로 훌륭한 발견이라고 생각했습니다. 그래서 상자를 쓰고 학교에 가고 싶다고 선생님한테 말씀드렸습니다."

이런 점이 이상하다, 아니 그게 아니고 이런 점이 대단하다. 하지만 쇼지가 풀이 죽은 얼굴이 되어 다시 말을 이었다.

"그런데 선생님은 그런 모습으로는 절대 학교에 올 수 없다고 하셨습니다."

당연히 그랬겠지.

"반 아이들이 불쾌감과 불안감을 느낄 행동을 하면 안 되는 거라고 선생님이 말씀하셨습니다. 하지만 이상하지 않습니까? 오와다 군 같은, 아니, 오와다 군은 아니지만 그런 불량한 차림새는 다른 학생들에게 불쾌감과 불안감을 느끼게 하지 않습니까. 그런데 버젓이 학교에 다니고 있습니다. 그런데 나더러 상자를 쓰고 학교에 가서는 안 된다는 겁니다. 납득할 수 없었기 때문에 졸업할 때까지 학교에 가지 않았습니다. 집에서 혼자 공부해서 고등학교에 들어왔습니다."

"그렇다면 이 학교에서는 허락을 받았단 말이지?"

"아니오. 기본적으로는 인정하지 않습니다. 지금처럼 아무한테도 들키지 않아야 할뿐더러 조건부로 간신히 인정을 받고 있는 식입니다."

"조건부라니? 그러니까 상담실로 등교하는 게 조건인 거야?"

"그렇습니다. 상담실에서 공부하고 절대로 다른 사람 눈에 띄지 않도록 할 것 그리고 학교가 정한 대학에 합격할 것."

"대학?"

갑자기 미래 이야기가 나와서 놀랐다.

"명문 대학에 합격한 학생 수로 학교 평가는 달라집니다. 다시 말해 학교가 희망하는 대학에 합격하면 상담실로 등교한 날짜 수를 정상적인 등교 날짜 수로 인정해 주겠다는 겁니다."

"하지만 떨어지면 어떻게 되는 거야?"

"그때는 이런 모습으로 등교한 날은 출석 일수에 포함시키지 않는다는 겁니다. 그러니까 출석일 부족으로 유급되거나 유급이 싫으면 중퇴하게 되는 거겠지요."

숨이 막힐 것 같은 이 좁은 방에서 시험을 보고 나눠 주는 과제물에 파묻혀 공부한다. 나 같으면 어땠을까. 생각만 해도 온몸이 오그라든다.

"엄청난 조건이네."

"그렇지도 않습니다."

쇼지의 목소리는 의외로 밝았다.

"이해할 수 있는 조건입니다. 오히려 학교에 가지 못하게 된 학생을 집에 틀어박혀 지내게 하고, 학교에 가지 못하게 된 학생을 배려하지 않는 중학교보다 이 학교가 더 낫다고 생각합니다. 학교가 희망하는 대학에 합격하면 이런 등교 방식도 인정하겠다고 했으니까요. 게다가 다행히 저는 공부를 싫어하거나 힘들어하지 않는 편입니다. 혼자서 공부하는 것도 아니고 모르는 부분은 선생님이 가르쳐 주러 와 주시니, 학교가 원하는 대학에도 합격할 수 있을 거라고 생각합니다."

역시 대단하다. 단순히 괴짜거나 침울하고 어두운 아이가 아니다. 묘한 추진력이 있다고 해야 할까. 일단 마음만 먹으면 돌진하는 강인함이 있다.

"아, 죄송합니다. 상관없는 이야기만 떠들어 대서. 시노자키 군은 원예반 일로 찾아온 건데."

"그랬지. 아, 그러니까 오와다가 문제네. 쇼지 네가 도저히 견디기 힘들다면 어쩔 수 없어. 처음에는 우리가 억지로 하게 만든 게 사실이고. 하지만 조금 전에도 말했지만 오와다도 너를 진짜 싫어하는 건 아니야. 오히려 재미있어한다고 할까. 쇼지 너는 그런 태도도 싫겠지만."

"그건 상관없습니다. 무시하는 게 아니고 진심으로 재미있어하는 거라면 고마운 일입니다. 저도 오와다 군이 나쁜 사람이라고 생각하지 않습니다. 단지 오와다 군이 사람을 대하는 태도를 이해할 수 없을 뿐입니다. 게다가 이런 말을 하면 친구가 없다는 것까지 들통이 나겠지만 전 지금 정말이지 아주 오랜만에 남들이랑 뭔가를 하면서 즐겁게 지내고 있습니다. 처음에는 억지로 하게 된 일이지만 지금은 억지로 하고 있다는 생각은 없어졌습니다. 게다가 식물이 점점 자라고 꽃이 피는 모습이 기대가 됩니다."

"알아. 뭔지 모르지만 재미있어."

"맞습니다."

쇼지가 웃었다. 아니 얼굴은 보이지 않으니 웃었을 거라는 생각이 들었을 뿐이다. 하지만 틀림없이 상자 안에서 웃었을 거다.

"다음 주부터 같이 하자."

"예, 고맙습니다. 그런 식으로 화를 내고 돌아와 놓고 어떻게 하나 싶었는데, 시노자키 군이 이렇게 찾아와 줘서 정말 다행입니다."

주말이 지난 화요일, 온실에 가 보니 본 적 없는 커다란 화분 하나가 놓여 있었다. 엷은 보라색을 띤 자잘한 꽃이 달려 있다. 녹색 잎은 하얀 가루를 살짝 뿌린 듯한 색깔이다. 가까이 다가가니 향기가 난다. 상큼하면서도 달콤한 향기다.

이 화분은 뭐지? 오와다가 또 사 온 걸까. 하지만 포트 모종하고는 달리 크고 훌륭한 화분에 들어 있는 걸 봐서는 분명 비싼 거다.

"안녕하십니까!"

뒤에 쇼지가 서 있었다.

"그 화분, 제가 가지고 온 겁니다. 부모님께 아직 원예반 활동을 하게 되었다는 말을 하지 않고 있었습니다. 지난 주말에 털어놓았더니 갖고 가라고 어찌나 성화인지. 어머니가 이런 허브를 좋아해서 잔뜩 사다 키우거든요."

자세히 보니 상자 왼쪽 위가 푹 꺼져 있다.

"이 꽃, 이름이 뭐야?"

"라벤더입니다."

"자주 들었던 이름이네."

"홋카이도의 라벤더 밭도 유명하지요. 최근에는 개량해서 더위에 강한 품종이 나왔습니다. 혼슈(本州) 같으면 6월에 꽃을 볼 수 있습니다. 꽃이 지기 전에 잘라서 말려 두면 포푸

리가 됩니다."

오와다는 좀처럼 오지 않았다. 늘 맨 나중에 오기는 하지만 오늘은 유난히 늦다. 어떻게 된 일인지 걱정이 되어 온실 밖으로 나와 보았다.

오와다는 창고 뒤에 서 있었다. 손에는 무슨 상자 하나를 들고 있었다.

"거기서 뭐 하는 거야?"

오와다는 허둥거렸다.

"늦어서 미안해."

오와다는 온실로 들어오더니 쇼지한테 상자를 불쑥 내밀었다.

"이거 깨끗한 거니까…."

"이게… 뭡니까?"

"지난번에 문에 부딪혔잖아. 상자가 찢어졌을까 봐 걱정했어. 지금 쓰고 있는 거랑 같은 거야."

"아, 그게… 저기… 미안합니다. 정말 고맙습니다."

쇼지는 무슨 증정식이라도 되는 양 정중하게 두 손으로 상자를 받아 들었다.

나는 소리를 내지 않고 웃었다. 그러고 나서 며칠 전 포트에 옮겨 심은 피튜니아를 살펴보았다. 시들지 않고 뿌리가 자리를 잘 잡은 것 같다. 안심이 되어 손가락으로 밑동의 흙을 살짝 눌러 주었다.

  6월에 접어들자 '푸른 잎과 꽃으로 가득하다'고까지는 할 수 없지만 처음에 느꼈던 황량함은 어디서도 찾아볼 수가 없었다. 오와다가 사다 놓은 노란 금송화, 파란 루피너스, 내가 사 온 빨간 아프리카봉선화 그리고 예전 원예반 시절부터 있었던 분홍색 베고니아와 버베나, 온실에 있었던 제라늄이 잇따라 꽃을 피웠다.

  꽃이 다 피고 나서부터는 셋이서 틈만 나면 시든 꽃송이를 땄다.

  시든 꽃을 따는 작업은 원예의 기본이다. 피었다 시든 꽃을 그대로 두면 씨를 만드는 데 필요한 모든 영양분을 빼앗겨 버린다. 게다가 시든 꽃이 썩으면 병에 걸리거나 벌레가 꼬이기도 한다.

꽃송이를 딸 때도 꽃잎만 따 봐야 소용이 없기 때문에 꽃줄기 밑에서부터 따 줘야 한다. 꽃줄기가 단단할 때는 손으로 따지 않고 가위로 자른다.

쇼지가 전에 가위나 도구들은 쓰고 나면 반드시 깨끗이 씻어 말려 놓아야 한다고 했는데, 일리가 있는 말이었다. 흙이 묻은 채로 둔 가위는 잘 들지 않았다.

"BB, 덥지 않아?"

오와다가 쇼지에게 물었다. 쇼지는 온실 안에 있는 시간이 많은데 요즘 날씨에는 입구의 비닐을 말아 올려도 안이 후끈했다.

"더우면 상자 벗고 얼굴 닦아. 절대로 보지 않을 테니까."

"아직까지는 괜찮습니다."

쇼지의 목소리는 밝았다.

그날 백발 선생님이 나타났다.

"수고가 많군."

선생님은 온실 밖에 있던 나와 오와다를 향해 가볍게 손을 들어 아는 척을 했다. 온실 안에 있던 쇼지가 비닐을 올린 입구에서 상자를 내밀고 쳐다봤다. 선생님은 놀라지도 않고 쇼지를 보며 말했다.

"네가 상자를 쓰고 있다는, 새로 동아리에 들어왔다는 쇼지 군인가? 상담실 선생님한테 들었다."

그러고 나서 주변 화분을 둘러봤다.

"허허, 짧은 기간에 애 많이 썼군. 아주 훌륭해. 허허허. 그런데 오늘은 너희 원예반에게 부탁이 있어서 왔다. 1학년 신발장 옆에 작은 화단이 있다. 그 화단을 맡기고 싶은데."

그런 곳에 화단이 있었나?

"맡기다니, 물을 주는 겁니까?"

오와다가 슬그머니 바지를 바로 입으면서 물었다.

"아니, 지금은 아무것도 없지만 전에 원예반이 맡아 가꾸던 곳이야. 꽃모종을 사다 심어도 좋고, 여기 있는 꽃을 옮겨 심든지 화단으로 가꿔 줬으면 하는데. 물론, 거기에 들어가는 모종이나 흙을 사는 비용은 활동비로 지출할 테니까 교무실로 받으러 오면 돼."

생각지도 않은 이야기다. 선생님은 실눈을 뜨며 다시 한번 화분들을 둘러보고 음, 음, 하고 혼자서 고개를 끄덕이다가 가 버렸다.

오와다도 놀란 얼굴이다.

"맡긴다고 했지만 다시 말하면 원예반으로서 해야 하는 임무다, 그 말인가?"

아무튼 오와다와 나는 그런 화단이 있는지 확인하려고 가 보았다. 1학년 신발장 옆문을 나오자마자 오른쪽에 세로 50센티미터, 가로 1미터가 채 되지 않는 작은 화단이 있었다. 화단에는 아무것도 없이 잡초만 무성했다. 지나치면서 그곳을 화단이라고 생각해 본 적은 한번도 없었다.

우리는 창고 뒤로 돌아와 쇼지에게 화단이 어떻게 생겼는지 설명해 주었다.

"쇼지, 너는 어떻게 생각해?"

"물론 맡는 게 좋겠다고 생각합니다. 비용도 준다고 하니까 모종을 사다 심을 수도 있고."

"하지만 신발장 옆이라서 여기랑 달리 보는 눈이 많을 텐데."

"저는 안 갑니다."

"뭐? 안 간다고?"

쇼지 없이 할 수 있는 일일까.

"나랑 시노자키가 할 수 있을까?"

오와다도 불안한 모양이다.

"아니, 그게 아니고." 상자가 옆으로 흔들렸.

"저는 하지 않겠다는 이야기가 아닙니다. 지원 부대로 남아 이쪽에서 열심히 하겠습니다."

쇼지 말로는 오래된 화단에 꽃을 심을 때는 먼저 흙을 파서 겉쪽 흙과 안쪽 흙을 뒤집어 줘야 한다. 흙이 한자리에 오래 굳어 있으면 좋지 않다는 것이다. 그걸 먼저 하고 나서 화단에 무슨 꽃을 심을지 생각하고 꽃모종을 사러 가기로 했다.

나랑 오와다는 곧장 창고에서 삽과 모종삽을 꺼내 화단으로 가서 잡초를 뽑아내고 흙을 뒤집었다. 돌이며 나무뿌리

같은 것을 발견할 때마다 손으로 골라냈다.

흙투성이가 되어 일을 하고 있으니, 집으로 가는 아이들과 동아리 활동을 하러 간다고 신발장을 오가는 아이들이 우리 앞을 지나갔다. 같은 반 아이가 알아보고 "어라, 시노자키, 뭐 하는 거야?" 하고 말을 걸어오기도 했다. 그런 것은 아무렇지도 않았지만 조금 창피했던 건, 말없이 힐끗거리며 쳐다보는 여자아이들의 시선이었다.

삽과 모종삽을 들고 화단에서 작업을 한다는 건 고지식한 아이거나 아니면 노인 같은 취미가 있다고 보는 건 아닐까. 게다가 내 옆에는 빡빡머리에 눈썹까지 밀어 버린 오와다가 있다. 노인 같은 취미라기보다는 벌칙이나 징계로 보일지도 모른다….

이런저런 상상을 하면서 흙을 뒤집는 작업을 끝냈다. 그러고 나서 쇼지가 창고 뒤에서 준비해 준 부엽토와 퇴비와 석회를 뿌렸다. 석회는 흙을 소독해 준다고 한다.

그다음에는 무슨 꽃을 어떤 모양으로 심을지 셋이서 책을 보면서 결정했다. 무슨 모종을 사 올지 결정해야 한다고 오와다가 말했다.

"BB, 너도 상자 벗고 같이 사러 가면 안 되냐?"

상자는 굳은 듯 움직임이 없었다.

"네가 아무리 이상하게 생겼어도 절대 웃지 않을게. 그 점은 안심해도 돼."

오와다는 진지한 얼굴이었다. 쇼지는 아무 말이 없었다. 몇 초 후에 네모난 입에서 작은 목소리가 나왔다.
"배려 감사합니다. 하지만 그렇게 하지 않겠습니다."

어떤 꽃모종을 심을지 결정했다. 더구나 오와다가 싸게 파는 곳을 알고 있다고 해서 자전거를 타고 가기로 했다. 약속 장소는 봄방학 때 만났던 그 선로 옆에 있는 역이다.

약속 시간에 맞춰 나가니 오와다가 먼저 와 있었다. 순간 흠칫 놀랐다. 사복 차림을 보는 건 봄방학 이후 처음이다. 호피 무늬 티셔츠에 납작한 체인 목걸이, 군복 무늬 바지. 옷 입는 취향은 사람마다 제각기 다르겠지만 왜 굳이 저런 무늬를 선택하는 걸까.

오와다가 탄 자전거 뒤를 따라가자 역에서 꽤 멀리 떨어진 교외에 있는 대형 마트에 도착했다. 도로 옆으로 넓은 주차장이 있고 그 안쪽에 거대한 창고식 사각 건물이 있었다. 평일이라 그런지 한산한 주차장을 가로질러 끝에 있는 자전거 보관소로 갔다.

"나는 보통 집에서 가까운 꽃집으로 가서 꽃모종을 사는데 여기는 전에 아버지랑 온 적이 있어. 그때 분명히 꽃을 많이 팔았던 기억이 있거든."

오와다 말대로 원예용품 매장은 넓었다. 높은 천장 아래 온갖 원예용품이며 도구가 잘 진열되어 있었다. 삽, 물뿌리개,

화분, 가위, 흙, 비료, 농약, 씨앗, 원예용 가구, 테이블 세트.

꽃모종 매장도 굉장히 넓었다. 봉오리가 벌어지기 시작한 꽃모종이 바닥에 가득 놓여 있었다. 나랑 오와다는 꽃 종류를 나누어 각각 찾아보기로 했다. 하얀 백일홍, 하얀 피튜니아, 노란 멜람포디움, 파란 샐비어 들이다. 피튜니아는 씨앗에서 싹이 난 모종이 있었는데, 아직 작아 꽃이 필 것 같지 않아서 사지 않았다. 모종은 모두 생각했던 것보다 싸서 네 개씩 샀다.

대형 마트를 나오자 오와다가 입구에 있는 자판기 앞에서 말했다.

"내가 살게. 뭐 마실래?"

"됐어. 내 건 내가 살게."

"너희 집에서는 꽤 멀리 왔잖아. 사양 말고 마셔."

오와다가 동전을 넣으려고 했을 때 뒤에서 목소리가 들렸다.

"우리도 좀 사 줘라."

불량해 보이는 아이들 세 명이었다. 하나는 금발에 가까운 갈색 머리, 또 한 명은 오와다와 비슷한 빡빡머리인데 양옆에 알파벳 Z 모양을 남기고 면도를 했다. 나머지 한 명은 덥지도 않은데 머리에 하얀 수건을 두르고 있었다. 그리고 세 명 모두 체인 목걸이를 하고 있었다. 오와다와 아주 비슷한…. 그때 퍼뜩 깨달았다. 아, 이 아이들은 분명 오와다의 친구구나, 하고.

"같이 온 보답으로 우리한테도 사 줘야지. 잇페이."

금발이 말하자 오와다가 쓴웃음을 지었다.

"내가 언제 너희더러 같이 와 달라고 했냐?"

"이거 너무하잖아. 얼마 전까지 우리랑 같이 다녔는데."

하얀 수건도 웃는 얼굴이다. 그런데 갑자기 오와다 뒤에서 양팔을 엇갈리게 붙잡고 껴안았다. 오와다 얼굴이 굳어졌다.

"이러지 마."

"대단한 명문 학교로 가더니 같이 다니는 친구도 달라졌는데."

빡빡머리 Z가 위협하듯 나를 위아래로 훑어보며 말했다. 하얀 수건에게 몸을 눌리고 있는 오와다가 꽃이 든 하얀 봉투를 나에게 내밀었다.

"시노자키, 미안하지만 내 몫까지 갖고 먼저 가라."

"넌 안 갈 거야?"

"얘네랑 잠깐 이야기 좀 하고 갈게. 중학교 때 친구들이야."

"하지만…."

내가 머뭇거리자 금발이 오와다가 들고 있던 봉투 안에 손가락을 넣어 잡아당기며 안을 들여다보았다.

"꽃? 잇페이, 너 제정신이야? 대단한 학교로 가더니 머리가 이상해진 거 아냐?"

방금 산 꽃모종을 어떻게 할 것 같았다. 나는 얼른 봉투를 받아 들고 뒷짐을 지듯 두 팔을 등 뒤로 돌려 봉투를 잡았다.

세 녀석들이 어떻게 하지 못하게.

"혼자 들고 가게 해서 정말 미안해. 그럼 내일 학교에서 봐."

두 팔을 뒤에서 제압당한 상태로 오와다가 웃었다. 세 명은 이쪽을 노려보고 있었다. 나는 뜨끔해서 모종이 든 봉투를 두 손에 각각 두 개씩 들고 자전거 보관소를 향해 걸음을 옮겼다.

정말 괜찮은 걸까. 이대로 가도 되는 걸까. 저 녀석들은 친구라고 하기에는 느낌이 좋지 않은데.

조금 가다가 돌아다보니 오와다는 하얀 수건과 빡빡머리에게 양옆에서 어깨를 잡혀 매장 안으로 들어가고 있었다. 지금 저 모양새로만 보면 네 사람은 비슷한 분위기다. 흔해 빠진 티셔츠와 청바지 차림인 나랑 같이 있는 것보다는 저 세 녀석들과 같이 있는 게 훨씬 잘 어울리는 것 같았다.

그리고 매장 안으로 들어간다는 것은 사람들의 시선이 많은 곳으로 가는 거니까 이상한 일은 벌어지지 않겠지. 그렇게 생각하기로 하고 자전거 핸들 앞에 달린 바구니에 모종 봉투 두 개를 넣고 다른 두 개를 핸들 양옆에 하나씩 걸고 대형 마트를 빠져나갔다.

하지만 그래도 걱정되었다. 약속 장소였던 역까지 와서 한참 기다렸다. 기다리다 보면 오와다가 지나갈지도 모른다고 생각했다. 하지만 10분, 15분이 지나도 오와다는 오지 않았다.

문득 내가 아무 의미도 없는 행동을 하고 있다는 생각이

들었다. 역 앞에서 기다려 봐야 오와다는 다른 길로 집에 갈지도 모르는 거고. 그렇게 걱정이 되면 다시 마트로 돌아가서 확인하면 된다.

자전거 보관소로 가니 오와다의 자전거는 그대로 있었다. 오와다와 헤어진 지가 4, 50분이 지났는데. 아직 마트에 있다는 뜻이다.

모종이 든 봉투를 다시 양손에 들고 마트 안으로 들어가 봤다. 그 아이들은 어디서 뭘 하고 있는 걸까. 이 마트는 입구에 자판기가 있을 뿐 차를 마실 공간도 없을 것이다. 설마 꽃모종을 보고 있을 리는 없겠지만 그래도 그냥 원예용품 매장으로 가 보았다. 그다음에 목재, 목공 도구, 반려동물용품, 가정 잡화, 의류, 가전제품 매장을 다 돌아보았지만 어디에도 네 명의 모습은 보이지 않았다.

마트를 나왔다. 다시 자전거 보관소로 가서 자전거를 찾아보았다. 오와다의 자전거는 여전히 그대로 있었다. 그렇다면 자전거를 그대로 두고 어딘가로 놀러 갔을 수도 있다. 이 주변은 오와다가 자주 돌아다니는 곳이다.

그만 갈까 하면서도 여전히 걱정되었다. 대형 마트 건물을 한 바퀴 돌아보았다. 아까 본 자판기를 지나 건물 모퉁이를 돌았다. 종업원의 것인 듯한 오토바이가 몇 대 놓여 있었고 상자들이 산더미처럼 쌓여 있는 공간이 있었다. 거기서 또 모퉁이를 돌면 건물 뒤가 나온다. 아스팔트 포장길이 끝나고 자갈이 깔려 있었다.

그 안쪽 건물 벽에 기대듯 오와다가 주저앉아 있었다.

"오와다!"

헐레벌떡 뛰어가 보았다. 호피 무늬 티셔츠 목 부분이 눈에 띄게 늘어져 있었다. 게다가 이마 오른쪽이 빨갛다. 오와다는 나를 올려다보며 입술을 사납게 일그러뜨렸다.

"뭐 하러 다시 왔어!"

"아까 그 세 녀석은?"

"갔어. 너, 오다가 마주치지 않았어?"

"못 봤는데."

"아, 다행이다."

오와다는 안심이 되었는지 한숨을 쉬었다.

"꽃은?"

"괜찮아, 봐."

양손에 든 봉투를 조금 치켜들어 보였다.

"그보다 오와다, 걸을 수 있겠어? 손잡아 줄까?"

"뭐? 나 멀쩡해. 짜증이 나서 그냥 좀 쉬고 있었을 뿐이야."

오와다는 억지로 웃으며 일어섰다.

"그래도 다행이지. 활동비는 빼앗기지 않았거든."

"활동비?"

"그 녀석들한테 내 지갑을 줘 버렸어. 지갑이래야 동전밖에 들어 있지도 않지만. 어제 '허허 영감님'한테 받은 활동비는 봉투에 넣어서 따로 챙겼기에 망정이지."

오와다는 자랑스럽게 바지 뒷주머니를 두드리면서 말했다. 나는 갑자기 맹렬하게 화가 나기 시작했다.

"너무하잖아. 그 자식들, 정말 친구 맞아?"

"정말이야. 뭐 작년 이맘때까지는 그랬다는 거지. 난 중학교 내내 그 녀석들하고 어울려 다녔거든. 그러다가 3학년 여름방학 때부터 죽어라 공부만 했어. 선생님은 내 실력 갖고는 갈 만한 고등학교가 없다고 말했는데, 이 학교에 들어왔으니까 대단한 거 아니냐? 거짓말 안 하고 아침에 눈뜨면서부터 밤에 잠잘 때까지 쉬지 않고 공부했어. 우리 아버지도 처음에는 무진장 반가워했는데 내가 너무 미친 듯이 공부만 하니까 걱정이 되었는지 '너무 그러면 머리가 이상해질 테니까 정도껏 해' 그럴 정도였거든."

그때 기억을 떠올리며 오와다가 웃었다.

"뭐, 아무튼 그 정도로 했다는 이야기야. 하지만 그 녀석들하고 어울려 다녔다가는 당연히 공부는 아예 할 수도 없었을 거야. 그래서 피해 다녔어. 그 일로 녀석들은 지금도 화가 나 있는 거야."

"남이야 공부를 하든 뭘 하든 그건 개인의 자유 문제잖아."

"그야 그렇지만 저 녀석들 쪽에서 보면 배신이겠지. …나 말이지, 중학교 3학년 1학기 때 한 학년 선배가 야쿠자에게 초주검이 되도록 얻어맞았다는 이야기를 듣고 끔찍했어. 그 선배는 고등학교도 가지 않고 빈둥거리고 있었거든. 나도 아무 생각 없이 이런 식으로 살다가는 똑같은 꼴이 될 것 같아서 정신이 번쩍 들었어. 그리고 가만히 생각해 보니까 난 싸우는 일에도 별로 자신이 없어서 까딱 잘못 맞았다가는 정말 죽을지도 모르는데 참 용감하게도 덤볐구나 싶었고, 내 눈에는 야쿠자 조직에 들어간 녀석이 대단한 건지도 솔직히 모르겠고. 그래서 그 무리에서 빠져나와 고등학교에 가기로 마음먹었어. 그것도 기왕이면 들어가기 어렵다는 학교로 가고 싶었어. 아까 본 세 명 가운데 하나는 졸업하고 통신사에 들어갔는데 벌써 그만뒀대. 둘은 고등학교도 가지 않았고 취직도 하지 않았어. 뭐, 하지만 녀석들 나름대로 여러 사정이 있지. 모범생으로만 살아온 녀석들은 이해가 안 갈지도 모르지만 말이야."

마지막 말이 살짝 귀에 거슬렸다. 모범생으로만 살아왔다니, 나 말인가?

"그러니까 말이야… 주스값 정도는 줘도 되는 거야."

오와다는 으스대듯 어깨를 들썩거렸다.

"그래, 잘했다."

나도 고개를 끄덕였다. 더 이상 시비에 휘말리지 않았으니 그것만으로 다행이다.

오와다가 갑자기 밝은 목소리로 말을 꺼냈다.

"저기, 야, 그보다 아까 내가 말한 허허 영감님이라는 말

알아들었어?"

나는 헛기침을 한 번 하고 나서 말했다.

"허허, 너희는 풀꽃을 좋아하지?"

오와다가 킬킬대며 웃었다.

"자, 이제 가자. 꽃 이리 줘. 내 몫은 들고 가야지."

대형 마트 문 앞에서 오와다와 헤어졌다. 오와다네 집은 아침에 만난 역 쪽이 아닌 모양이었다. 조금 가다가 뒤를 돌아다보니 오와다가 입은 호피 무늬 티셔츠가 바람에 크게 부풀어 있었다.

 이튿날 오와다의 이마 오른쪽은 검붉은 색깔로 변해 있었다. 하지만 대형 마트에서 있었던 일은 화제로 올리지 않았다. 쇼지 역시 아무것도 묻지 않았다. 나랑 오와다는 어제 사 온 모종을 쇼지에게 보여 주고 나서 화단에 심으러 갔다.
 우선 피튜니아는 자라는 동안 줄기가 땅바닥을 기듯이 옆으로 뻗어 나가기 때문에 화단 맨 앞에 심어서 밑으로 조금 늘어지도록 했다. 피튜니아 사이에는 멜람포디움을 끼워 넣었다. 그리고 나서 키가 큰 샐비어를 뒤에 심고 백일홍은 양옆에 좌우대칭이 되도록 심었다.
 이렇게 일주일 만에 원예반이 작업한 첫 번째 화단이 완성되었다. 작은 포도가 줄기 끝에 매달린 듯한 샐비어가 먼저 눈에 띈다. 그 바로 앞에 피튜니아의 부드러운 꽃과 작은 멜람포디움. 양옆에는 백일홍. 그래도 꽃만 눈에 띄는 인공적인 화단이 아니고 잎이 많아 자연스러운 느낌을 주었다.

색깔은 피튜니아가 하얀색, 백일홍도 하얀색, 멜람포디움이 노란색, 샐비어가 붉은 자주색. 하얀색이 가장 비중이 크고 다음이 파란색, 노란색이 제일 작다. 화단의 색깔도 소박하지만 붉은 계통의 화단보다 멋지다는 게 우리의 공통된 의견이었다.

앞으로 자랄 것도 생각해서 조금씩 사이를 두고 심었기 때문에 엉성한 느낌도 나지만 화단 정리를 끝낸 오와다와 나는 말없이 장갑을 벗고 만족스러운 기분으로 우리의 작품을 감상했다.

다음 날 오와다와 나는 허허 영감님에게 화단 작업이 끝났다는 보고를 하러 갔다. "셋이서 한 거지? 허허, 아주 잘했어. 수고했어. 정말 수고했어. 허허허." 하는 말을 듣고 안심이 되었다. 그 말 말고는 특별한 반응은 없었다. 흙을 정리할 때 옆을 지나가다가 "뭐 하는 거야?" 하며 아는 척을 했던 같은 반 친구들한테서도 아무 말도 듣지 못했다. 오와다도 마찬가지인 모양이다.

"그 화단 하나로 입구 느낌이 훨씬 좋아졌는데도 몰라보는 건가. 삭막한 녀석들 같으니라고."

하지만 나는 어쩔 수 없다고 생각했다. 얼마 전까지는 나도 그 삭막한 녀석들 중 하나였으니까.

그보다 나한테 찾아온 변화가 더 재미있었다. 화단에 물을 주기 시작한 지도 그럭저럭 두 달이 되었다. 전에는 꽃 이름이라고는 나팔꽃이나 해바라기, 튤립 정도밖에 몰랐는데 지금은 피튜니아, 베고니아, 아프리카봉선화, 루피너스, 백일홍, 제라늄, 멜람포디움, 버베나…. 이 정도는 한눈에 알아볼 수 있다.

아는 꽃 이름이 늘자 집 근처나 학교를 오가는 길에 갑자기 꽃이 많아졌다. 물론 눈에 띄니까 그런 느낌이 나는 것일 뿐이지 전부터 늘 있던 꽃이다. 화단이 완성되어도 별 반응을 보이지 않는 반 친구와 마찬가지로 그때까지 나는 이렇게 풀이나 꽃이 많은 줄 정말 몰랐다.

지금은 길가나 남의 집 마당에 핀 꽃을 볼 때마다 "이건 베고니아"라고 하거나 "저건 노란 백일홍이야" 하고 중얼거린다. 지나간 다음에 "방금 그 꽃은 뭐지?" 하고 다시 되돌아갈 때도 있다.

잘 손질해 놓은 화분이나 화단을 보면 반가웠다. 역에서 조금 떨어져 있는 오래된 공중 화장실 앞에 눈에 띄지 않게 소박한 화단이 있는데 꽤 멋지다. 어느 날은 파란 꽃과 하얀 꽃이 띠 모양으로 심어져 있어 초원처럼 보였다. 책을 찾아보니 앙증맞은 파란색 꽃이 네모필라, 하얗고 작은 꽃이 알리숨이라는 꽃이었다.

반대로 시든 꽃을 볼 때는 걱정이 되었다. 그중에서도 집

근처에 있는 사진관은 최악이었다. 사진관 앞에는 앨범을 장식해 놓은 예쁜 왜건이 있다. 그 밑에 나무로 만든 화분이 하나 놓여 있고 빨간 아프리카봉선화가 심겨 있었다.

빨간 아프리카봉선화는 내가 학교에 갖고 간 것과 똑같은 꽃이다. 학교 창고 뒤에 있는 건 쑥쑥 잘 자라 날마다 싱싱한 빨간 꽃이 번갈아 피고 있는데, 여기 꽃은 지저분한 꽃잎을 잔뜩 매단 채 시들어 가고 있었다. 아침 7시부터 밤 10시까지 문을 여는 가게라 내가 그 앞을 지나가는 시간에는 늘 문이 열려 있었는데, 안을 들여다보니 아무래도 아르바이트생인 듯한 누나가 카운터에 팔꿈치를 괴고 앉아 자기 머리칼만 만지작거리고 있었다.

"머리 그만 만지고 물 좀 주세요."

그렇게 말해 주고 싶었다. 하지만 그럴 수 없었다. 내 시선을 느꼈는지 누나는 이쪽을 노려보기만 했다.

사진관의 아프리카봉선화는 날이 갈수록 시들어 갔다. 분명 물 주는 걸 까맣게 잊고 있을 것이다.

일주일 뒤, 결심을 하고 평소보다 일찍 집을 나섰다. 물을 담은 페트병과 전날 학교에서 가지고 온 원예용 가위와 쓰레기봉투를 들고. 아침 7시 전이니까 사진관은 아직 문을 열지 않았고, 셔터는 닫혀 있었지만 아프리카봉선화 화분은 밖에 그대로 방치되어 있었다.

역으로 가는 사람들이 옆을 스치고 지나가는 가운데 나는 아프리카봉선화 화분 앞에 쪼그리고 앉았다. 두근거리는 마음으로 서둘러 페트병 물을 뿌리 옆으로 부어 주었다. 그러고 나서 가위로 시든 꽃잎을 따서 쓰레기봉투에 담았다. 마지막으로 미리 준비한 메모를 꽃 사이에 꽂아 두었다.

날마다 물을 주세요. 목이 마릅니다. 아프리카봉선화가….

낯간지러운 문장이다. 하지만 내가 날마다 물을 줄 수는 없으니까.

그날 집에 오는 길에 보니 그 메모가 없어졌다. 아침에 물을 흠뻑 주었더니 한층 싱싱해졌다. 그다음 날도 싱싱했다. 그리고 그다음 날도. 다행이다, 물을 제대로 빨아들이고 있는 모양이다. 나는 속으로 안도의 한숨을 내쉬었다.

그리고 다음 주에 머리칼을 만지작거리던 누나가 물뿌리개로 물을 주는 장면을 목격했다. 반가운 나머지 나도 모르게 웃으면서 고개를 꾸벅하자 이상한 학생이라고 생각했는지 또 째려봤다.

"또 현관에 꽃이 있군."

밤에 욕실에서 나온 아버지가 빨래를 널면서 말했다. 나는 이를 닦고 있었는데 세탁기에서 나온 빨래가 눈앞에 나타나자 반사적으로 펴서 건조대에 걸었다.

우리 집은 이런 분업이 몸에 배어 있다. 밤 동안 빨래를 말리는 것이다. 밤에 할 수 있는 일은 밤에 해서 아침에는 될 수 있는 대로 손 가는 일이 없도록 한다.

"저건 무슨 꽃이냐?"

"이이소."

칫솔을 입에 문 채 대답했다.

"이이소? 그게 뭐야?"

입안을 헹구고 나서 다시 한 번 대답했다.

"일일초."

색종이처럼 납작하고 작은 꽃이지만 탄탄한 느낌의 꽃이다. 일일초 색깔은 빨간색이나 분홍색도 있지만 하얀색을 골랐다. 하얀 꽃잎 중심에 살짝 붉은 빛이 돈다.

"꽃을 키우고 싶으면 집에서도 얼마든지 키울 수 있잖아. 마당이 없어도 베란다면 충분하고."

"학교에서 하니까 괜찮아요."

집에서 혼자 하는 건 뭔가 재미가 없다. 오와다나 쇼지랑 같이 하니까 재미가 있는 것이다. 하지만 그러고 보니 집에는 꽃은커녕 관엽식물 하나 없다.

"옛날에는 우리 집에도 꽃이 있었어요?"

마지막으로 수건을 건조대에 널면서 물어봤다.

"글쎄다" 하며 아버지가 고개를 갸우뚱했다.

"베란다에 화분 하나 정도는 있었던 것도 같은데."

"그 화분은 어땠어요?"

"글쎄다."

"글쎄라니, 시들어 버렸군요. 너무하네."

"어쩔 수 없었지" 하고 아버지는 어깨를 으쓱했다.

"그 무렵에는 정신없이 바빠서 힘들었다. 인간은 너무 바쁘면 기억이 없어진다고 하더라. 핑크 레이디(1970년대 일본에서 인기를 끌었던 여성 듀오 그룹: 옮긴이)도 '베스트 10'에 나온 일을 기억하지 못한다고 하지 않던."

"그게 누군데요?"

아버지가 웃었다.

"옛날 아이돌 가수다. 너무 바쁘면 그렇게 되는 거야. 나도 마찬가지다. 그래도 너랑 둘이 그럭저럭 잘해 왔잖아."

아메리칸블루라는 꽃은 맑게 갠 하늘 같은, 파랗고 작은 꽃을 셀 수 없을 정도로 많이 피운다. 그런데 6월 말이 되자 꽃송이 숫자가 절반이 넘게 줄어들었다. 게다가 줄기가 삐죽하게 자라 화분에 비해 너무 크다는 느낌을 주었다.

화분 갈이를 하면 되는 걸까? 이번에도 쇼지에게 물으니 '줄기 치기'를 하면 어떠냐고 제안했다.

줄기 치기란 삐죽 튀어나온 새순이나 꽃이 시든 줄기 밑동을 자르는 일이다. 그러면 새순이 더 많이 생기고 꽃송이가 많아진다고 한다. 하지만 새순까지 잘라 버리면 꽃이 피지 않는, 잎만 남는 풀이 되어 버린다.

가위를 들고 아메리칸블루 앞에 섰다. 새순이라는 게 도대체 어떤 걸 말하는지 자세히 살펴봤다. 굵직한 줄기에서 가는 줄기가 나오는데, 그 가는 줄기가 나오는 밑동에 작고 통통한 새순이 있다. 그 새순을 남기고 바로 위를 잘랐다.

신중하게 잘랐지만 줄기 치기가 끝나고 나니 꽃이 3분의 1 정도로 작아졌다. 마치 짧게 이발을 해 놓은 머리 같았다.

이렇게 하면 정말 새로운 꽃이 피는 걸까, 이대로 말라 버리는 게 아닐까 걱정이 되었다. 하지만 일주일 뒤에 어디서 솟아난 듯 한꺼번에 새순이 자라 꽃이 피었다. 가장 왕성하게 피던 무렵과 비슷할 정도로 많이 피는 걸 보고 줄기 치기가 대단하다는 걸 실감했다.

6월 말에는 오와다가 화분을 주워 온 적도 있었다. 그것도 키가 1미터도 넘는 관엽식물이었다. 장마가 시작된 어느 비 오는 날 아침, 학교 오는 길에 쓰레기 집하장에 버려진 것을 주워서 그야말로 비 맞은 생쥐 꼴로 화분을 안고 언덕을 올라 학교까지 온 것이다. 나무 밑동은 바싹 마른 베이지색이고 꼭대기에 크고 긴 잎이 열 장 정도 나 있었다. 하지만 열 장 가운데 아홉 장은 말라서 갈색으로 변해 있었다.

"꼭대기에 나 있는 나머지 잎 하나를 봐. 아직 초록색이잖아. 살아 있는 채로 버림을 받은 거야. 너무하잖아."라는 게 오와다가 그 화분을 주워 온 이유였다. 쇼지는 상자 구멍으로 그 화분을 뚫어지게 관찰하고 있었다.

"이건 분명히, 흔히들 행운목이라고 하는 나무입니다."

나무 크기에 견주면 화분이 너무 작았다. 그래서 셋이서 조금 더 큰 화분으로 옮겨 심었다. 물을 흠뻑 주고 고형비료 몇 알을 흙 위에 놓아 주고 온실 안에 넣어 두었다.

2주 정도 지나자 싱싱한 새잎이 나왔다. 마치 2배속 화면처럼 엄청나게 빠른 진전이었다. 아래쪽 시들어 버린 잎은 점점 갈색이 심해지더니 떨어졌지만 꼭대기에서 반들반들한 연초록 잎이 자꾸 나왔다. 이렇게 버려진 고양이도 아니고 버려진 화분, 행운목도 원예반의 재산이 되었다.

6월 현재 시들어 버린 거라고는 처음에 심은 팬지뿐이다. 하지만 모든 식물이 꽃을 피우는 것도 아니다.

선배들 때부터 있었던 시클라멘. 이건 겨울꽃이라 여름에는 피지 않는다. 반지처럼 동그란 잎만 몇 개 나 있을 뿐이다.

싹이 나온 작은 피튜니아 모종도 꽃을 피우지 않았다. 씨앗부터 뿌려서 키운 화초라 애착이 있는 꽃이다. 포트에 옮겨 심고 나서도 시들지는 않았지만 7, 8센티미터 정도까지 자라더니 더는 크지 않는다. 이미 개화기지만 꽃이 필 낌새는 없다. 역시 씨앗부터 키우는 건 무리였던 걸까.

그리고 가장 걱정이 되는 것이 오와다가 씨를 뿌린 스토크 화분이다. 아직 싹도 나오지 않았다.

 7월에 접어든 어느 날 방과 후, 오와다가 흥분한 기세로 들어섰다.
 "엄청난 일이 일어났어."
 아프리카봉선화 화분에 시든 꽃잎을 따고 있던 나랑 쇼지가 고개를 들었다.
 "저기 신발장 앞 화단이 대회에서 상을 받았다나 봐."
 화초 관련 회사가 주최한 화단 가꾸기 대회에서 입상했다고 학교에 연락이 왔다고 했다. 놀랐다. 그런 대회에 대해서는 들은 적이 없다.
 "누가 응모했대?"
 "허허 영감님이야. 우리가 하고 있는 걸 잘 아는 사람은 허허 영감님밖에 없으니까."

쇼지가 조심스럽게 입을 열었다.

"… 죄송합니다. 제가 응모한 겁니다."

"BB가?"

"우리 집에 그 대회 소식이 실린 전단이 있었습니다. 어머니가 꽃집에서 물건을 살 때 받은 모양인데. 그래서 제가 멋대로 리포트를 써서 응모했습니다. 주소는 학교, 이름은 원예반, 대표는 오와다 군, 부대표는 시노자키 군, 부원은 나라고 썼습니다. 제멋대로 응모해서 죄송합니다."

상자를 깊이 수그린다. 나와 오와다는 상자에 부딪힐 뻔했지만 얼른 피했다.

"리포트를 어떻게 써 보냈는데?"

"우리가 한 일을 그대로 썼을 뿐입니다. 오래된 흙을 뒤집은 일, 책을 같이 보면서 무슨 꽃을 심을지 의논한 일. 화단 그림도 첨부했습니다. 그리고 처음에 아무것도 없었던 화단, 흙을 파헤쳐 놓은 모습, 마지막에 꽃을 심은 사진도 첨부했습니다."

"그런데 너 사진은 언제 찍은 거야?"

"아침 일찍 아무도 없을 때 등교해서 찍었습니다. 제멋대로 해서 죄송합니다."

"사과할 일은 아니지. 대단하다."

오와다도 고개를 끄덕인다.

"무서운 추진력이다."

다음 주 조회에서 원예반은 전교생 앞에서 표창을 받았다. '대표' 오와다가 호명되었다. 오와다는 얼른 바지를 추켜올리고 나서 교장 선생님이 서 있는 단상으로 올라갔다. 원예반이라기보다 불량한 야구부원이라고 해야 어울릴 행색이었지만 실로 당당하게, 아니 그보다 오히려 뒤로 넘어지는 게 아닐까 싶을 정도로 가슴을 잔뜩 젖히고 앞으로 걸어 나갔다. 도중에 나와 눈이 마주치자 '멋지지?' 하며 브이 자를 그려 보였다. 좀 부끄럽긴 했지만 쇼지도 여기 있었으면 좋았을 걸 하는 생각이 간절하게 들었다. 각자의 교실로 돌아가자 반 친구들도 "시노자키도 원예반이었구나. 축하해." 하며 어깨를 두드려 주었다.

그날 방과 후 상장과 함께 보내온 심사평을 온실 앞에서 쇼지도 같이 읽었다.

"작은 화단이지만 색깔이 조화롭고 고상하며, 깔끔하게 완성하였다. 초보자에다가 남자 고등학생 셋이서 만든 화단이라고 하는데 앞으로가 기대된다."

읽으면서 나도 모르게 웃음이 나왔다.

"BB, 모두 네 덕분이야. 갖고 싶은 게 뭐야? 뭐든 말해."

오와다도 기분이 좋아 보였다.

"무슨 소리 하십니까."

놀란 듯 크게 부릅뜬 눈이 네모난 구멍을 통해 보인다. 역시 크고 쌍꺼풀이 시원하게 진 눈이었다.

"아무것도 필요 없습니다. 활동비를 그런 일에 쓰면 안 됩니다."

입상 소식이 전해진 뒤 허허 영감님이 동아리 활동으로 실적을 세웠다며 다달이 활동비가 나오게 되었다고 전해 주었다. 금액은 고작 월 2천 엔이지만 그래도 없는 것하고는 의미가 다르다.

"활동비를 쓰겠다는 게 아니야. 내가 사 줄게. 사양 말고 뭐든지 갖고 싶은 게 있으면 말해."

오와다는 크게 한턱낼 기세였다. 쇼지는 끝까지 거절할 거라고 생각했는데, 의외로 "그렇다면 원하는 걸 말하겠습니다" 하고 말했다.

"다다음 주부터 여름방학이지요?"

"그래, 여름방학이지."

"여름방학 원예반 활동은 어떻게 할 예정입니까?"

"여름방학 동안 물 주기는 학교에서 해 준다고 들었어. 학교에 있는 화분이며 나무들이랑 같이 관리하는 모양이야. 우리는 일주일에 한번 정도 오면 되지 않을까? 아니면 여름방학 동안은 아예 마음껏 쉬고 싶은 거야?"

"아니요, 그런 게 아니고…."

상자가 옆으로 흔들린다.

"저기, 여름방학에 원예반끼리 어딘가로 멀리 가지 않을래요?"

"뭐?"

오와다가 놀란 목소리로 되묻자 상자에서 나오는 목소리가 작아졌다.

"…힘들면 그만두고요."

"아니, 그런 뜻이 아니야. 좋아, 가자. 합숙이다. 좋지? 다쓰야?"

오와다가 나를 보며 물었다. 나도 얼른 고개를 끄덕였다. 예상 밖의 이야기이긴 했지만 나 역시 이번 여름방학에는 특별히 계획한 일이 없다.

"쇼지, 어디 가고 싶은 데가 있는 거야?"

"사람이 많지 않은 곳이면 됩니다. 산이나…."

그러자 오와다가 가슴을 두드렸다.

"좋아, 자연을 보러 가자. 누가 뭐래도 우리는 원예반이잖아."

눈 깜짝할 사이에 여름방학이 되었다. 행선지는 처음 말이 나온대로 산으로 정했다.

계획을 세운 건 오와다였다. "나한테 맡겨. 이런 일은 아무래도 동아리 대표가 해야지." 하며 광역 지도를 펼쳐 놓고 현(縣) 하나를 건너 다른 현 산간지대에 '환상의 꽃 공원'이라고 작게 나와 있는 곳을 발견하고 "원예반에 딱 어울리잖아?" 하며 그 자리에서 결정했다. 그 공원으로 간 다음에는 쇼지가 텐트를 갖고 있다고 해서 그걸로 야영이라고 해야 할지 간이 캠프라고 해야 할지, 아무튼 산이 보이는 곳에서 하룻밤 자기로 했다.

우리의 관심사는 다른 데 있었다. 바로 쇼지가 과연 상자를 벗고 나타날 것인가! 상자를 쓴 채로 대중교통을 이용할 수는 없을 테니까. 하지만 합숙을 가는 당일까지 물어보지 못했다. 오와다도 궁금하지 않은 건 아니었지만 다른 때처럼 거리낌 없이 물어보지는 않았다.

여름방학이 시작된 지 일주일이 지난 이른 아침, 고속버스 터미널 역으로 가니 약속 장소인 전자제품 대리점 앞에서 낯선 남자아이 하나가 나를 향해 손을 흔들었다. 챙이 있는 초록색 모자를 눈 위까지 깊이 쓰고 검고 큰 선글라스를 쓰고, 코밑과 턱까지 넓게 덮이는 마스크를 쓰고 있었다. 그리고 어깨에도 크고 높은 배낭을 짊어지고 있었다.

"시노자키 군, 좋은 아침입니다."

쇼지 목소리였다.

"좋은 아침!"

동시에 뒤에서 오와다 목소리가 들렸다. 돌아보니 오와다도 선글라스를 쓰고 있었다. 머리에 하얀 수건을 두르고 빨간 하이비스커스가 그려진 알로하셔츠를 입고 청바지를 입었는데, 하얗고 큼직한 벨트를 느슨하게 매고 있었다. 불심검문에 걸리기에 딱 좋은 꼴이었다.

버스 정거장에 서 있는 사람들이 우리 쪽을 힐끔거렸다. 나만 티셔츠에 청바지를 입은 평범한 차림이라 누가 신고라도 하면 어쩔까 정말 걱정이 되었다. 버스가 오는 걸 보고 허둥지둥 탔다. 쇼지는 맨 뒷좌석 창가에 깊숙이 앉아서 앞사람에게는 보이지 않았다. 오와다도 버스 안에서는 선글라스를 벗어 주니 그나마 안심이 되었다.

 세 시간이 채 걸리지 않는 시간 동안 우리는 거의 이야기를 하지 않았다. 오와다는 오는 길에 전철 안에서 주웠다는 만화 주간지를 읽었다. 나는 타자마자 졸음이 쏟아져 잠을 잤다. 쇼지는 선글라스를 쓰고 있어서 알 수 없었지만 나처럼 대부분의 시간을 잠으로 보낸 것 같았다.

 우리는 고속도로 나들목 부근에서 내렸다. 산이 보이고 머리 위로는 파랗고 화창한 하늘이 펼쳐져 있었다.

 오와다가 조사한 내용에 따르면, 이제 지선 버스를 타야 했다. 버스가 올 때까지는 아직 시간이 있어서 우선 먹을 것을 사러 가기로 했다. 밤에는 각자 가져온 침낭에서 자겠지만 작정하고 밥까지 해 먹으면서 캠프를 할 생각은 전혀 없었다. 먹을 건 전부 사서 해결하기로 했다. 갈아타는 버스 정거장으로 가는 도중에 발견한 편의점에서 엄청난 양의 빵과 주먹밥, 마실 것을 샀다.

 편의점 바로 옆에는 24시간 문을 여는 돈가스 전문점이 있고 그것 말고는 가게다운 가게가 없었다. 늘 익숙하게 보던 경치와 달리 건물도 집도 별로 없고, 있어도 하나씩 드문드문 떨어져 있었다. 그 사이를 밭과 주차장, 공터가 널찍하게 차지하고 있었다.

 각자 양손에 봉투를 들고 버스 정거장으로 갔다. 이번에도 사람들이 이상한 눈으로 쳐다보면 어쩌나 걱정했는데 버스를 기다리는 15분 동안 아무하고도 마주치지 않았다. 버스에서도 손님은 우리밖에 없었다.

버스가 출발하자 눈 깜짝할 사이에 인공적인 풍경은 사라지고 전후좌우가 온통 나무뿐이었다. 굽이굽이 달리던 버스가 이제 산길로 접어들고 있었다.

한참을 가다 보니 나무들 사이로 반짝반짝 빛나는 것이 보였다.

"강이다."

"와, 굉장하다."

옆에 앉은 오와다도 선글라스를 벗고 실눈을 뜨며 내다보았다.

얼마 되지 않는 물이 강바닥 가운데로 흐르고 있었다. 양옆에는 풀이 군데군데 나 있고 돌투성이인 둔치가 펼쳐져 있었다. 강에도 길에도 사람이라고는 도무지 볼 수가 없었다. 자동차가 가끔 마주 오기도 하고 드물게라도 집처럼 보이는 건물도 있는 걸 보면 아무도 살지 않는 건 아니지만 인구밀도는 제로에 가깝지 않을까 싶었다.

버스는 계속 강을 끼고 달렸는데, 얼마쯤 지나니 갑자기 강이 보이지 않았다. 그곳이 우리가 내리는 곳이었다. 버스에서 내리자 '환상의 꽃 공원은 이쪽'이라는 나무로 된 팻말을 발견했다. 팻말이라야 작은 판자로 만든 것이었다. 입구까지는 경사가 급하고 포장도 되지 않은 흙길이었다. 공기는 건조했지만, 직선으로 내리쬐는 햇살이 뜨겁고 짐도 무거워 땀이 줄줄 흘렀다.

힘들게 공원 입구에 도착하니 문이 닫혀 있었다.

"올해는 환상의 꽃, 푸른양귀비의 계절이 끝났습니다."

'폐쇄 중'이라는 안내문 쪽지가 붙어 있었다. 문 앞에서 안을 들여다봤지만 인기척은 없었다. 도시에 있는 어린이 공원 정도 되는 넓이의 평평한 공원이었는데 풀만 나 있을 뿐 꽃은 눈에 띄지 않았다.

"말도 안 돼!"

오와다가 힘이 빠진 듯 쭈그리고 앉았다. 지도에 나와 있으니 어느 정도 규모가 있는 공원일 거라고 생각했는데 착각이었던 거다. 문 옆에 있는 게시판에는 '올해의 푸른양귀비' 사진이 몇 장 붙어 있었다. 기다란 꽃줄기 끝에 파란 꽃이 한 송이 피어 있었다. 꽃잎이 얇아 애처로운 느낌이다. 나도 갑자기 애처로워졌다.

"이 꽃만 키우는 공원이라 이거지!"

"푸른양귀비는 히말라야에서 피는 희귀종입니다."

"됐어. 배도 고프고, 밥이나 먹자."

시계를 보니 벌써 2시다. 공원 문 앞에 쪼그리고 앉아 주먹밥을 먹고 차를 마셨다. 쇼지는 하얀 마스크를 벗고 먹었지만 얼굴을 보이고 싶지 않은지 모자를 깊이 눌러쓰고 돌아앉아 먹었다.

"이제 어떻게 하지? 어디서 야영을 할까?"

오와다가 물었다.

"강으로 가자."

내가 제안했다. 조금 전 버스를 타고 오면서 보았던 반짝이는 강을 가까이에서 보고 싶었다.

"강? 괜찮은데."

오와다가 즉시 동의했다.

"BB는 어때?"

음식을 다 먹고 재빨리 마스크를 쓴 쇼지가 고개를 끄덕였다.

"좋습니다."

아까 버스가 섰던 정거장으로 가서 버스를 타고 왔던 길을 걸어 둔치로 내려갈 수 있는 곳을 찾았다. 한참을 걸어가다가 계단을 발견했다. 둔치로 내려가자 적당히 풀이 나 있고 봉긋하게 솟은 곳이 있었다.

쇼지는 재빨리 배낭을 내려놓고 텐트를 꺼냈다. 익숙한 손놀림으로 텐트를 펼치고 나랑 오와다는 쇼지를 도와 지지대를 세우고 바닥을 고정시켰다.

"나머지는 혼자서 해도 됩니다."

쇼지에게 나머지를 맡기고 강으로 가까이 갔다. 잔물결이 모래밭으로 찰싹찰싹 밀려들고 있었다. 신발을 벗고 복사뼈까지 물에 담갔다. 놀랄 정도로 물이 차가웠다. 땀으로 끈적

한 얼굴과 팔다리에 물을 끼얹으니 날아갈 듯 상쾌했다.

강 건너로 멀리 솟아 있는 산을 바라보았다.

나무가 겹겹이 무성하게 둘러싸인 모습이 얼핏 보면 브로콜리 같았다. 하지만 잘 보면 여러 가지 나무가 뒤섞여 있다. 초록색은 가지 끝으로 갈수록 밝고 겹쳐 있는 안쪽은 어둡다. 하지만 초록색이라고 다 같은 초록색이 아니다. 헤아릴 수 없을 정도로 다양한 초록색이 산속에 있었다. 그 생각을 하면서 숲을 바라보니 현기증이 날 것 같았다.

"다쓰야, 바닥도 엄청나."

오와다의 목소리에 밑을 내려다보니 작은 물고기가 잔뜩 헤엄을 치고 있었다. 엄청난 물고기 떼다. 오와다는 그 물고기를 맨손으로 떠서 잡으려고 했다. 나도 따라 해 봤지만 잡은 것 같아서 손을 물속에서 올리면 아무것도 없다. 수십 번을 되풀이해도 두 사람 모두 한 마리도 잡지 못했다.

그러는 사이에 오와다랑 물 끼얹는 싸움이 벌어졌다. 쇼지는 어느새 은행 강도가 아닌 상자를 쓴 모습으로 나타났다.

"상자를 갖고 온 거야?"

놀라서 묻자 쇼지가 고개를 끄덕였다.

"접어서 배낭에 넣어 갖고 왔습니다."

"미치겠군. 상자가 그렇게 좋아?"

오와다가 말하자 쇼지가 고개를 푹 숙였다.

"아무래도 이렇게 하는 게 익숙합니다. 마스크와 선글라스를 하니까 얼굴에 달라붙는 느낌이라서요. 상자는 얼굴 주위로 공간이 있어서….”

오와다는 쇼지의 어깨를 가볍게 두드렸다.

"그래, 알았어. 네가 편한 게 제일이지."

해가 기울고 하늘이 오렌지빛으로 물들기 시작했다. 어둡기 전에 저녁을 먹기로 하고 주먹밥과 빵을 펼쳐 놓았다. 셋이 나란히 둔치에 있는 돌 위에 앉아 먹기 시작했다.

"그래도 설마 여름방학 때 이런 곳에서 밥을 먹게 될 거라고는 생각도 못 했는데."

"제가 따라와서 정말 죄송합니다."

쇼지가 네모난 로봇 입에 익숙하게 음식을 가져가면서 다시 고개를 숙인다.

"아니, 기분이 좋다는 뜻이야."

"그래, 기분 좋다."

나도 동의했다.

강 수면이 반짝거린다. 바로 건너에는 산 능선이 보인다. 얼굴에 닿는 바람이 서늘해지면서 몸과 마음이 편안해졌다.

그림자 세 개. 하나는 머리가 네모다.

해가 지자 쇼지가 갖고 온 손전등을 가운데 두고 둘러앉았다. 둘레는 조용했다. 벌레 소리와 이따금 강 건너 도로를 지나가는 자동차 소리가 들려올 뿐이다.

그래도 원예반에 걸맞는 활동을 조금은 해 보자는 이야기가 나와서 알고 있는 식물 이름을 각각 말해 보았다. 나는 21종류, 오와다는 17종류, 쇼지는 38종류를 알았다.

"지금 몇 시야?"

오와다가 물었다. 나는 손목시계를 들여다보았다.

"7시 반."

"아직 그렇게밖에 안 됐어?"

오와다가 지루하다는 듯 말했다.

"맞아, 캠프파이어 하자."

"태울 게 없잖아."

"나한테 잡지가 있어."

오와다가 배낭에서 버스를 타고 오면서 읽던 잡지를 꺼냈다. 그걸 한 장씩 찢어서 뭉치고, 밥 먹을 때 썼던 나무젓가락과 과자 봉지 그리고 태울 수 있는 종이도 섞었다. 손전등을 비추며 텐트 옆에 있는 마른 나뭇가지도 모았다. 양이 많지는 않았지만 작은 무더기로 만들어 쇼지가 가져온 라이터로 불을 붙였다.

불빛에 주위가 환해지니 안심이 되었다. 발밑에 굴러다니는 작은 돌멩이까지 선명하게 보였다. 셋이서 말없이 불을 바라보고 있는데 불길이 금세 잦아들었다. 잡지를 한 장씩 찢어서 불 속에 넣었지만 그것도 금방 사그라들었다.

"이번에는 제가 찾아오겠습니다."

쇼지가 일어나 손전등을 들고 땔감을 찾으러 나섰다. 잠시 뒤에 나뭇가지며 풀을 한 아름 안고 돌아왔다. 작아진 불길에 얼굴을 들이대고 입으로 바람을 불며 마른풀을 넣자, 타닥타닥 소리가 났다.

갑자기 그 자리에서 쇼지가 춤을 추기 시작했다. 아니, 펄쩍펄쩍 뛰고 있었다. 보니까 상자에 불이 붙었다. 턱 부근에. 순식간에 불길이 상자를 타고 위로 퍼져 가고 있었다.

"쇼지, 불붙었어!"

"BB, 빨리 상자 벗어!"

우리는 일어섰다. 쇼지는 강 쪽으로 달려가면서 상자를 벗어 던졌다. 상자가 땅바닥으로 떨어져 굴렀다. 나랑 오와다가 따라갔다.

쇼지는 신발을 신은 채로 강물로 뛰어들어 손으로 물을 떠서 연거푸 얼굴에 끼얹었다.

"괜찮아? 데지 않은 거야?"

어두워서 자세히 보이지 않지만 상자를 쓰지 않은 쇼지가 고개를 숙이고 서 있었다.

"괜찮습니다. 데지 않았습니다."

작은 목소리로 대답했다. 오와다가 머리에 쓰고 있던 수건을 벗어 내밀었다.

"이걸로 닦아. 냄새는 나겠지만. 얼굴도 이걸로 가리든가."

"아니, 됐습니다. 차라리 잘됐습니다."

쇼지는 얼굴을 손바닥으로 닦더니 우리 앞을 지나 불이

있는 곳으로 갔다. 나와 오와다도 긴장해서 따라갔다.

오렌지빛 불꽃이 쇼지의 얼굴을 비추고 있었다. 눈썹이 짙고 쌍꺼풀이 있는 눈이 유난히 크다. 코도 반듯하게 높아, 이목구비가 뚜렷한 얼굴이다. 어딜 봐도 콤플렉스를 가질 만한 얼굴이 아니었다. 취향에 따라 다르겠지만 그래도 잘생겼다는 말을 들을 만한 얼굴이었다.

"뭐야? 너 잘생겼잖아."

오와다도 맥이 빠진 모양이다. 하지만 쇼지는 심각한 얼굴이다.

"전에 시노자키 군에게는 이야기했지만 이 얼굴 때문에 중학교 때 여러 가지 피해를 입었습니다. 그때 가장 싫었던 게 데키스기(애니메이션 〈도라에몽〉에 나오는 캐릭터 이름: 옮긴이)라는 별명이었습니다."

"데키스기라고? 완전히 자화자찬이군(데키스기라는 발음은 '지나치게 잘난 인물'이라는 뜻도 있다: 옮긴이)."

"아닙니다!"

쇼지가 소리쳤다.

"데키스기라는 〈도라에몽〉에 나오는 얼굴 큰 녀석 있잖습니까? 그걸 말하는 겁니다. 저랑 닮았다고 항상 놀림을 받았다고요."

정말이다. 그 말을 듣고 보니 정말 쏙 빼닮았다. 눈썹이 짙고 그림으로 그린 듯이 크게 쌍꺼풀진 눈, 반듯한 콧날. 절묘한 비유에 나도 모르게 감탄사를 내뱉을 뻔했다.

"이것도 시노자키 군에게는 전에 말했지만 우리 반에 오와다 군과 비슷한 친구가 몇 명 있었습니다. 흔히 말하는 불량학생 말입니다. 아니, 물론 지금 오와다 군은 그런 아이들과 다르다는 걸 알지만 그 녀석들이 제 얼굴을 갖고 이러쿵저러쿵 놀려 댔습니다. 맞은 적도 있습니다. 그래서 저는 학교에 갈 수 없게 된 겁니다. 그때부터 밖에 나갈 때는 상자를 쓰기 시작한 겁니다. 게다가 촌스러운 제 이름도 그렇습니다. 두 사람은 어떻게 생각하는지 모르지만 요즘 세상에 요시오라는 이름이 뭡니까?

쇼지 요시오…. 이름 때문에 부모님이 원망스럽습니다. 게다가 이 만화 같은 얼굴, 저도 싫습니다. 〈도라에몽〉에 나오는 데키스기 군은 공부도 스포츠도 잘하고 성격도 밝은 괜찮은 녀석인데, 저는 그렇지 않습니다. 닮은 거라고는 얼굴 생김새와 공부 잘하는 것뿐입니다. 스포츠도 젬병이고 성격도 어둡고."

"얼굴도 이름도 뭐가 그렇게 대단한 건데. 난 BB, 네 고민을 이해할 수가 없다. 뭐가 문제야? 뭐가 상자를 쓰고 다녀야 할 정도로 문제냐고?"

오와다가 기가 막히다는 듯 말하자 쇼지가 고개를 거세게 흔들었다.

"이름이랑 얼굴 때문에 놀림을 당했다고요! 이런 기분을 오와다 군은 모를 겁니다."

"하지만 지금은 너를 놀리는 녀석이 없잖아!"

오와다도 마주 소리쳤다.

"알았어? 잘 들어. 너는 좀 괴짜야. 그리고 너는 머리도 좋아. 게다가 너는 의외로 실행력도 있어. 그래, 성격은 조금 어둡지. 하지만 나는 네가 싫지 않아. 이름도 얼굴도 아무 상관없다고."

쇼지는 말이 없었다. 불길이 잦아들다가 눈 깜짝할 사이에 재 위에 꺼질 듯한 불꽃만 남았다. 나는 쇼지의 상자를 보았다. 상자는 땅바닥에 내동댕이친 충격 때문인지 불길이 꺼져 있었다. 나는 일어나서 상자를 주워 들어서 불 속으로 던져 넣었다. 상자에 불이 붙으면서 다시 환한 불길이 솟아오르기 시작했다.

"이제 상자는 필요 없어. 오와다가 말했듯이 지금 쇼지를 놀릴 사람은 없으니까."

쇼지가 보일 듯 말 듯 고개를 끄덕였다.

"…식물을 큰 화분에 옮겨 심으면 갑자기 커집니다. 그걸 보고 늘 생각했습니다. 큰 화분에 옮겨 주기 전까지는 작은 화분에 맞게 답답한 상태로 살아 있었구나 하고."

"상자, 벗길 잘했지?"

오와다가 밝은 목소리로 말했다.

"잘됐습니다."

"할 수 있으면 그 존댓말도 좀 고쳐라."

"아닙니다. 이건 그만둘 수가 없습니다."

"그래? 너한테 고집불통이라는 별명도 하나 더 붙여 줄 거야."

"괜찮습니다."

내가 나도 모르게 웃음을 터뜨리자 오와다와 쇼지도 따라 웃었다.

상자가 타올랐다. 빈 페트병에 강물을 떠다가 불을 완전히 껐다. 그러고는 흡족한 기분으로 텐트 안으로 들어갔다. 각자 가지고 온 침낭을 펼치고 안으로 파고들었다.

하지만 좋은 기분은 거기까지였다. 벌레가 엄청났다. 도대체 몇십 마리나 될까 싶을 정도로 텐트 안을 날아다녔다. 무시하고 자려고 했지만 도저히 잘 수가 없었다.

"젠장!"

나는 팔과 얼굴을 긁으면서 텐트를 뛰쳐나왔다. 오와다와 쇼지도 뒤따라 나왔다. 캠프파이어 불이 완전히 꺼져서 주위는 캄캄했다. 쇼지가 더듬더듬 손전등을 꺼냈다.

"밖에서 잘까?"

오와다가 말했다.

"하지만 밖에도 벌레는 있습니다."

가려워서 견딜 수가 없다. 얼굴도 팔도 몇 군데나 물렸다. 조금 전의 자못 진지한 분위기는 어디로 가 버린 걸까.

오와다가 여기저기 긁으면서 한숨을 내쉬었다.

"나는 가려운 것보다 배가 고프다. 점심도 저녁도 빵이랑 주먹밥만 먹었잖아. 아, 배고파. 점심때 들른 편의점 옆에 돈가스 전문점이 있던데. 거기 가서 밥 먹고 싶다."

"지금?"

놀라면서도 그곳은 24시간 문을 연다고 했으니까 거기서 밤을 지낼 수도 있다. 좋은 생각인지도 모른다. 쇼지도 바로 찬성했다.

우리는 서둘러 물건을 정리하기 시작했다. 손전등 불빛에 의지하며 텐트와 침낭을 걷었다. 각자 배낭을 지고 쓰레기봉투를 집어 들었다. 선두에 선 쇼지가 손전등으로 발밑을 비춰 주었다. 나와 오와다도 계단을 올라 도로로 나왔다. 당연히 버스는 없을 테니까 걸어가는 수밖에 없다.

강을 따라 어두운 길을 끝없이 걸어가자니 지루했다. 우리는 원예랑 관련된 끝말잇기를 하기로 했다. 원예와 관계있는 단어는 뭐든지 통과다.

양귀비, 비닐하우스, 스위트피, 피자

가지치기, 기린초, 초롱꽃, 꽃사과, 과일 주스

새순, 순 자르기, 기생식물, 물만두

몇 번을 해도 마지막에 오와다가 음식 이름으로 바꿔 버렸다.

"미안. 하지만 지금은 꽃보다 돈가스밖에 떠오르지 않아."

한 시간 반을 걸었다. 고속도로 나들목 부근의 불빛이 보이기 시작하자 안심이 되었다. 이어서 24시간 영업하는 돈가스 전문점 불빛이 보이자 오와다뿐 아니라 나도 쇼지도 거의 뛰다시피 걸었다.

돈가스 전문점 앞에는 넓은 주차장이 있고 트럭 한 대가 서 있었다. 안으로 들어가자 카운터 앞자리에 트럭 운전사인 듯한 사람이 앉아서 뭔가를 먹고 있었다. 이런 한밤중에 고등학생들이 들어오는 걸 보고 이상하게 여기지 않을까 생각하면서 식권을 사서 카운터에 내밀었다. 무뚝뚝한 점원은 우리 쪽을 쳐다보지도 않고 식권을 받았다.

그렇게 새벽 1시에 오와다는 왕돈가스에 공깃밥까지, 나와 쇼지는 생선가스 정식을 먹었다. 배가 부르니 졸음이 쏟아져 테이블 위에 엎드려 잠이 들었다.

테이블에 엎드린 상태에서는 얕은 잠은 잘 수 있어도 제대로 잠이 들지는 않을 거라고 생각했다. 하지만 눈을 떠 보니 어느새 6시가 되어 눈이 부셨다. 쇼지는 나와 마찬가지로 책상에 엎드려 잤지만 오와다의 모습은 보이지 않았다. 먼저 일어났나 했더니 테이블 아래 바닥에 웅크리고 누워 있었다.

두 사람을 깨우며 오와다에게는 "머리 조심해" 하고 말했지만 의자로 기어 올라오다가 탁자에 머리를 박았다.

밖으로 나온 우리는 크게 기지개를 켜며 하품을 했다. 쇼지의 얼굴을 햇빛 아래서 처음 보았다. 늘 상자를 쓰고 지내서인지 피부가 유난히 하얗다. 눈이 크고 속눈썹도 짙고 긴 데다가 콧날도 높고 정말 잘생긴 얼굴이다.

그건 그렇고 어깨와 등이 뻐근했다. 좌우로 몸을 비틀다가 주차장 끝에 있는 화단이 눈에 들어왔다.

빨간 일일초와 노란 금송화를 함께 심어 놓았다. 다 핀 꽃이 갈색으로 시들어 있다. 물도 주지 않는지 생기가 없다. 내가 시든 꽃을 따자 오와다도 옆에서 따라 했다. 쇼지는 화장실로 가서 페트병에 물을 담아 왔다. 그걸 꽃잎에 닿지 않도록 밑동에다 부어 주었다.

"누가 뭐래도 우리는 원예반이잖아."

오와다가 시든 꽃을 따면서 자못 진지하게 말했다. 나와 쇼지도 고개를 끄덕였다.

　8월은 길었다. 7월 말에 했던 '합숙'이 너무 즐거워서 나머지 시간이 지루하게 느껴졌는지도 모른다.

　지루한 시간도 때울 겸 여름방학 특강을 들으러 열흘 정도 학원을 다녔다. 수업 시간은 오후 2시부터 5시까지였다. 아직 1학년이라 수험생이라는 긴장감이 없어서인지 시간표가 느슨했다. 그리고 아버지가 쉬는 날 하룻밤을 자고 오는 강낚시에 따라갔다.

　여름방학 동안 원예반 활동은 일주일에 한 번으로 정했다. 그날이 내 생활의 중심이며 가장 큰 재미였다. 셋이 모여 "아, 덥다, 더워." 하면서 시든 잎들을 떼거나 액체 비료를 주기도 하고 더위를 피하는 방책으로 화분에 알루미늄 호일을 감아 주기도 했다. 햇볕을 전혀 쬐지 않았던 쇼지의 새하얀 얼굴도 어느새 보통 피부 색깔이 되었다. 나와 오와다는 한 번도 빠지지 않았지만 쇼지는 딱 한 번 가족여행을 간다며 쉬었다.

여름방학 동안은 학교에서 화초를 담당하는 선생님이 물을 주었다. 하지만 각각의 화분에 맞춰서 물을 주는 게 아니고 호스를 대고 한번에 쏴아, 뿌리는 방식이라 흙이 튀어 잎이 지저분해지기도 했고 수압 때문에 줄기가 쓰러진 화분도 있었다.

8월 하순, 그날은 작업하는 날이 아니었지만 오후가 다 지나 혼자서 학교에 가 보았다. 할 일도 없고 너무 심심해서였다. 수위실에 있는 기록부에 이름과 학년, 반을 적은 다음 교실 건물을 지나 뒤쪽으로 나가 보았다.

휑하니 넓은 원예반 마당에 서니 안도감이 밀려왔다. 오와다도 쇼지도 없는 건 좀 심심하지만 지루했던 머릿속이 정상 궤도로 돌아오는 것 같았다.

시끄러운 매미 소리를 들으면서 화분 하나하나를 살폈다. 아침에 누군가 물을 주었을 텐데 시들어 가는 잎들이 많았다. 창고에서 물뿌리개를 꺼내 천천히 물을 주기 시작했다.

바람이 휘익 불고 지나갔다. 땀에 젖은 셔츠가 등에 달라붙었다. 시원해서 나도 모르게 가슴을 쭉 폈다.

그 순간 화분 하나가 눈에 들어왔다.

꽃이 피어 있었다!

씨앗부터 키워 온 피튜니아 화분이다. 가까이 가 보니 한 송이가 피었고 봉오리 세 개가 달려 있다.

지난번에 왔을 때도 꽃은 피지 않았다. 봉오리도 발견하지 못했다. 다른 피튜니아 화분도 꽃은 피지 않았지만 어느새 봉오리가 잔뜩 맺혀 있다.

이럴 수가! 하고 나도 모르게 주먹을 불끈 쥐었다. 모레는 우리가 모이는 날이다. 오와다와 쇼지도 이걸 보면 아마 무척 좋아할 것이다.

화분 갈이를 한 다음 지금까지 생장이 멈춰 있었는데…. 피튜니아는 꽃이 피는 시기가 9월까지니까 솔직히 아예 꽃이 안 피는 건 아닐까 생각했다. 씨앗부터 키워 잎까지 자란 것만으로도 충분하다고 스스로를 위로하며 포기하고 있었다. 그런데 이렇게 꽃이 핀 것이다. 거의 가루 같았던 그 씨앗이 드디어 이렇게 꽃을 피운 것이다.

궁금해져서 오와다의 화분도 살펴보았다. 하지만 역시 흙만 있다. 싹도 나오지 않았다.

다시 한 번 피튜니아 쪽으로 돌아와 쪼그리고 앉아 자세히 살펴보았다. 키는 15센티미터 정도고 그 끝에 나팔꽃을 닮은 짙은 보라색 꽃 한 송이가 위를 향해 피어 있다. 솜털이 난 달걀 모양 잎도 멋지게 자라고 있었다. 첫 줄기가 몇 개로 갈라지고 거기서 다시 자라나고 있다.

생각해 보면 그렇게 날마다 열심히 들여다볼 때는 자라지 않다가 세심하게 보살펴 주지 못한 방학 동안 갑자기 자랐다는 이야기다.

꽃잎을 살짝 잡아 보았다. 얇고 부드럽고 촉촉하다.

그대로 잡아당겨 보았다. 꽃잎이 찢어질까. 시험하듯 더 세게 잡아당겼다.

하지만 피튜니아는 꽃잎을 따라 줄기가 휘어질 뿐이다. 손가락을 떼자 꽃은 원래대로 꼿꼿하게 하늘을 향해 고개를 들었다.

이 녀석, 허약한 성질이 아니네. 그렇다고 절대 불굴의 강자도 아니다. 필 때가 되면 자연스럽게 피는 것이다.

갑자기 몸이 가벼워진 것 같았다. 나도 일어나서 양팔을 하늘을 향해 쭉 뻗었다. 햇살이 부드러운 파란 하늘에 펼쳐지고 있었다.

드디어 여름방학이 끝났다.

9월 1일. 쇼지가 1학년 1반 자신의 교실에 들어가 비워 놓았던 자리에 긴장한 채 앉아 있는데, 반 친구들이 계속해서 말을 걸어왔다고 한다.

입학 첫날부터 등교 거부를 했던 학생을 두고 야유하는 분위기가 전혀 없는 건 아니지만 전체적으로는 학교에 오게 된 건 반가운 일이라는 호의적인 반응이었다고 쇼지는 안심한 듯 말했다.

그리고 그동안 아예 학교에 오지도 않은 것으로 되어 있었기 때문에 이곳저곳을 안내해 주는 친절한 아이가 있었단다. 상담실 앞에서 "무슨 고민 같은 거 있으면 여길 찾아와 상담하는 것보다 나한테 의논해" 하고 말해 주었다며 쇼지는 기쁜 얼굴로 말했다.

그리고 또 한 가지, 2학기 들어 생각지도 않은 일이 일어났다. 뜻밖에도 원예반에 들어오고 싶다는 여학생 두 명이 찾아온 것이다. 두 사람 모두 반은 다르지만 같은 1학년이다.

"1학기에 입구 화단을 가꿨잖아. 그걸 봤을 때부터 들어오고 싶다고 생각했어."

시미즈라는 머리 긴 아이가 말했다.

"흙과 씨름하는 걸 보면서 참 멋지다고 생각했어."

모리라는 머리가 짧은 아이도 웃으며 말했다.

"완성된 화단도 훌륭했고 상을 받았을 때는 역시 대단하구나 싶었어. 들어오고 싶었는데 바로 여름방학이 시작되는 바람에…."

삽을 휘두르며 땀을 흘리는 모습이 보기 좋았다는 것이다. 나와 오와다는 완전히 신이 났다.

하지만 아쉽게도 여자아이들은 쇼지를 본 순간 눈에 띄게 표정이 달라졌다. 애써 표정을 바꿀 생각이 없었는지 모르지만 옆에서 보니 그 차이가 너무 역력했다. 그만큼 '데키스기'

의 얼굴은 역시 강렬한 인상이었던 것이다.

그런데 쇼지가 늘 존댓말을 한다는 것을 알고 두 사람 모두 어리둥절해했다. '그런 독특한 개성이 있다고?' 하는 의미일 것이다. 하지만 딱히 싫어하는 기색 없이 신기한 친구로 받아들이는 것 같았다.

BB라는 호칭 덕분에도 작은 소동이 있었다. 오와다가 쇼지를 BB라고 부르는 걸 들은 시미즈가 "왜 쇼지가 BB야?" 하고 물었던 것이다. 그런 질문을 받게 될 줄은 몰랐던 오와다는 당황했다.

"그건 뭐 그냥. 쇼지는 좀 그렇잖아. 뭐냐, 그러니까 그게 뭐라고 했지? 미치겠네. 나 또 까먹었다. 시노자키, 너는 기억하고 있지?"

나한테 떠넘기지 말라고 말하고 싶었지만 두 여자아이의 시선이 나한테로 옮겨져 나 역시 쩔쩔맸다.

"응, 그게 쇼지가 채소밖에 먹을 수 없다고 전에 말했지. 그래서 '빅 베지테리언'이라는 의미로 BB라고 부르기 시작한 거였지, 아마."

얼렁뚱땅 지어낸 이야기였다. 시미즈가 고개를 갸우뚱거렸다.

"하지만 베지테리언은 'B'가 아니고 'V'잖아?"

이런 젠장. 오와다가 과장되게 우핫핫 하고 웃으며 쇼지의 어깨를 잡았다.

"뭐, 그렇게 사소한 일에 마음을 쓰지 않는 점이 BB의 장점이지."

"쇼지, 정말 채식주의자야?"

모리가 묻자 "예" 하고 쇼지가 진지한 얼굴로 고개를 끄덕였다.

"하지만 지금은 고기도 조금은 먹을 수 있게 되었습니다. BB라는 별명은 마음에 드니까 괜찮다면 시미즈도 모리도 그렇게 불러 주기 바랍니다."

아무튼 2학기부터 다섯 명이 원예반 활동을 하게 되었다. 물 주기, 시든 꽃 따 주기, 비료 주기, 화분 갈이, 옮겨심기 같은 작업을 다섯 명이 함께 했다.

그리고 9월 말에 있을 축제 준비도 해야 했다.

원예반에서는 화분 전시와 함께 뭔가를 팔기로 했다. 여름 방학 전에 꺾어서 말려 둔 라벤더를 조금씩 묶어 마른 꽃 장식으로 만든 것과 싼값에 사 온 코스모스 모종을 초벌구이로 만든 작은 화분에 옮겨 심어 팔기로 했다. 작은 화분은 예쁘게 빨간색으로 칠했다.

1학년 교실 입구에 있는 화단도 너무 자라 균형이 맞지 않는 꽃을 잘라 내고 정리했다. 창고 뒤에서 하는 전시도 꽃이 많이 피어 있는 화분은 눈에 띄는 곳에 놓고, 꽃이 피지 않은 작은 화분은 잘 보이지 않는 곳으로 바꿔 놓았다.

축제는 9월 마지막 주말 이틀이다. 첫날은 가랑비가 내려 방문객이 많지 않았다. 창고 뒤에도 가물에 콩 나듯 손님이 찾아왔을 뿐이고 라벤더를 말린 장식은 몇 개 팔았지만 코스모스 화분은 하나도 팔지 못했다.

"시노자키, 들고 나가서 팔자."

오와다의 말에 나는 얼른 고개를 저었다.

"무슨 소리야! 창피해서 못 해. 사람들 앞에서 큰 소리로 떠드는 건 난 못 해."

말은 이렇게 했지만, 내일도 하나도 팔지 못하면 어쩌지 싶어 걱정이 되었다. 하지만 이튿날인 일요일에는 어제와 딴판으로 아침부터 쾌청했다. 방문객도 많이 늘었는데, 학교 안에 붙여 놓은 안내용 포스터에 지난봄에 상을 받았다는 말도 곁들여 놓아서인지 창고 뒤에도 쉴 새 없이 사람들이 찾아왔다. 우리 학교 학생 말고도 학부모, 나중에 이 학교에 오고 싶은 사람, 다른 학교 학생, 이웃들까지. 일요일에 팔 생각으로 남겨 두었던 말린 라벤더는 물론이고 토요일에 팔다 남은 것도 포함해 코스모스까지 점심시간 전에 모두 팔렸다.

오후에는 전시만 하는 바람에 말린 라벤더꽃과 화분들을 진열해 놓은 책상에 즉흥으로 '화단 가꾸기 뭐든 상담 코너'라는 글씨를 써서 늘어뜨렸다. 지금까지 했던 경험을 살려 원예에 관해 무엇이든 상담해 주겠다는 거창한 기획이었지만 이 기획은 완전히 실패했다. 학교 안에서 길을 잃어서 "화장실은 어디 있죠?" 하고 물으러 오는 사람 말고는 아무도 상담하러 오지 않았다.

3시가 지나자 창고 뒤로 오는 사람도 거의 없어졌다. 전시를 마치는 시간은 4시다. 쇼지는 어머니와 여동생이 왔기 때문에 두 사람을 안내하러 가고(참고로 쇼지 여동생은 쇼지를 닮아 엄청난 미인이었다) 시미즈와 모리도 축제 구경을 하러 갔다.

두 여학생이 먼저 돌아오고 이번에는 나와 오와다가 구경을 하러 나섰다. 나는 팔고 남은 경단을 사서 먹고 잠깐 이곳저곳을 기웃거리다가 창고 뒤로 돌아왔는데, 아무도 없었다. 매장 당번인 쇼지도, 여자애들도 없고 오와다는 아직 오지 않은 모양이다.

대신 온실 앞에 우리 학교 학생이 아닌 낯선 남자들이 모여 있었다. 세 명 모두 사복 차림이다. 하나는 금발이고 또 한 명은 Z 모양을 남기고 빡빡 깎은 머리, 나머지 하나는 하얀 수건을 머리에 감고 있다. 순간 나는 그들을 알아보았다. 모르는 아이들이 아니다. 대형 마트에서 만난 오와다의 중학교 때 친구다. 상대도 나를 보더니 기억이 난 모양이다. 하얀 수건이 다짜고짜 소리쳤다.

"너, 전에 잇페이랑 같이 있던 녀석이지! 기껏 만나러 왔는데 그 자식 어디 있어? 여기 있던 못난이랑 꼬마한테 빨리

가서 데리고 오라고 했는데 가더니 오지도 않고. 너도 찾으러 갔다 와. 모처럼 축제 구경을 왔는데 손님을 이렇게 기다리게 해? 너희들 다 죽고 싶어!"

또 돈을 빼앗으러 온 걸까. 될 수 있으면 오와다가 오기 전에 이 녀석들을 돌려보내고 싶었다. 무서웠지만 일단 문제를 일으키지 않도록 냉정하게 대처해야 한다고 스스로를 타일렀다.

"오와다는 원예반 대표라 바빠. 볼일 없으면 그만 가 줬으면 좋겠는데."

"원예반 대표?"

셋은 가소롭다는 듯 얼굴을 찡그리며 웃는다. 하필 그때 오와다가 돌아왔다. 여자애 둘과 쇼지도 그 옆에 있었다. 찾아서 불러온 모양이다.

"야, 너 왜 이렇게 늦었어?"

금발이 말했다. 오와다의 얼굴이 굳었다.

"뭐 하러 왔냐?"

"모처럼 찾아온 친구한테 무슨 소리야?

"친구는 무슨 친구! 착한 친구한테 이러지들 마."

나는 끼어들지 않을 수가 없었다.

"뭐라고? 착한 친구라니, 그게 누군데?"

금발과 Z 빡빡머리, 하얀 수건이 이번에도 역시 가소롭다는 듯 웃었다.

"오와다 군은 착합니다."

단호한 목소리가 들렸다. 쇼지였다.

"이렇게 착한 사람도 많지 않습니다."

"착하다, 착하다, 그게 무슨 소리야? 너희들 모조리 머리가 이상해진 거 아냐? 꽃이나 주무르면서 소꿉놀이나 하는 찌질이들이!"

금발은 옆에 있던 베고니아 화분을 발끝으로 찼다. 순간 나는 화가 머리끝까지 치솟았다.

"차지 마!"

그러자 금발은 얼른 베고니아 화분을 번쩍 들어 올리더니 땅바닥에 내동댕이쳤다. 플라스틱 화분에서 베고니아가 뿌리째 굴러 나왔다. 그 베고니아를 Z 빡빡머리가 짓밟았다.

몸이 후끈 달아올랐다. 얼른 달려가 밟힌 베고니아를 손으로 감쌌다. 하지만 그사이에 금발과 하얀 수건과 Z 빡빡머리가 잇따라 화분을 땅바닥에 내동댕이쳤다. 아프리카봉선화, 피튜니아, 샐비어, 아메리칸블루 같은 꽃이 멋지게 피어 있는 화분만 노려 더러운 신발로 짓밟았다. 나는 필사적으로 화분 앞을 가로막았지만 마치 술래잡기하듯 다른 화분들을 계속 집어던졌다.

"선생님!"

여자아이가 소리쳤다. 세 녀석이 도망쳤다. 담을 넘어 학교를 빠져나가 주차장으로 도망쳤다. 나도 담을 넘었다.

"시노자키, 쫓아가지 마! 그냥 내버려둬!"

오와다의 목소리가 들린 것 같았지만 가슴 깊은 곳에서 치밀어 오르는 분노를 막을 수가 없었다. 도망치는 세 사람 중 맨 뒤가 금발이다. 죽어라 달려 겨우 따라잡고 뒤에서 금발의 어깨를 주먹으로 힘껏 내리쳤다. 두렵다거나 뒷일이 어떻게 될지 따위는 머릿속에 떠오르지도 않았다.

금발이 돌아다봤다.

"뭐 하는 거야, 이 겁쟁이가!"

배를 겨냥해 주먹이 날아왔다. 숨을 쉴 수가 없을 정도로 아팠다. 하지만 아까 짓밟힌 베고니아와 피튜니아, 아프리카봉선화, 샐비어, 아메리칸블루를 떠올렸다. 애써 키워 온 것들이다. 그 생각을 한 순간 눈물이 솟았다.

"이야아압!"

금발의 얼굴을 향해 주먹을 날렸다. 하지만 녀석은 잽싸게 피했고 주먹은 빗나갔다. 다시 한 번 주먹을 금발의 얼굴을 향해 휘둘렀다. 하지만 그보다 먼저 내 얼굴에 금발이 휘두른 주먹이 날아왔다. 피하려고 했지만 턱에 예리한 충격이 스치고 비틀거리다가 세게 엉덩방아를 찧었다.

그때 학교 쪽에서 어른 목소리가 들렸다.

"이 녀석들, 뭐 하는 거야!"

금발은 나를 더 때리려다 포기하고 도망쳤다. 울타리를 넘어온 오와다와 쇼지가 주저앉은 내 옆으로 달려왔다.

"시노자키, 괜찮아?"

고개를 푹 숙인 채 끄덕였지만 눈물이 멈추지 않고 흘렀다. 오와다가 목에 걸고 있던 수건을 내밀었지만 얼굴을 들 수가 없어 손등으로 눈물과 콧물을 닦았다.

셋이서 담을 넘어 창고 뒤로 돌아오니 선생님이 와 있었다. 우리 담임과 오와다 담임, 쇼지 담임 그리고 허허 영감님까지. 무슨 일이 있었는지를 그 자리에서 물었고 시미즈와 모리도 증언을 했다. 질문과 대답이 대충 끝나고 선생님들이 오와다만 따로 불러서 데리고 갔다.

얼른 화분을 살펴보았다. 절반이 넘게 망가져 있었다. 온실 안에 놓아 둔 제라늄 줄기도 부러져 있었다. 셋이서 기다리고 있을 때 부러뜨린 것 같았다. 눈앞에서 내동댕이쳐진 베고니아, 씨앗부터 심어서 키워 온 피튜니아, 아프리카봉선화, 샐비어, 아메리칸블루, 일일초, 금송화. 꽃과 잎이 짓이겨져 비릿한 풀 냄새가 감돌았다. 분해서 또 눈물이 나오려고 했다.

일단 뿌리째 나동그라진 화초는 하나씩 화분에 다시 담고 부족한 흙을 채우고 물을 주었다. 짓밟힌 곳은 가지를 정리하면서 잘라 주었다. 정리를 하다 보니 축제는 벌써 끝나 버렸다.

오와다는 좀처럼 돌아오지 않았다. 더 이상 늦으면 안 되겠기에 시미즈와 모리한테는 먼저 집에 가라고 했다. 그리고 쇼지도 가 봐야겠다고 했다. 아까 축제 구경을 온 여동생과 어머니가 같이 가려고 교문 밖에서 기다리고 있는 모양이었다.

"정말 죄송합니다."

"괜찮아. 내가 오와다를 기다렸다가 같이 갈 테니까 먼저 가."

"저기, 시노자키 군."

쇼지는 진지한 얼굴로 나를 불렀다.

"앞으로도 열심히 하자고 오와다 군에게 전해 주십시오. 이런 일을 당해 충격이 크겠지만 다시 힘을 합쳐 열심히 하면 시간은 걸리겠지만 화초들은 다시 싱싱해질 겁니다."

"그래, 알았어. 그렇게 전할게."

나는 고개를 끄덕였다.

땅거미가 질 무렵이 되어서야 오와다가 돌아왔다.

"시노자키, 날 기다린 거냐?"

"늦었네. 무슨 이야기했어? 우리 세 사람에 대해 물었어?"

오와다가 고개를 가로저었다.

"내가 싸움의 원인이 된 거냐고 추궁하더라."

나는 놀랐다.

"왜? 넌 잘못한 게 하나도 없잖아."

"어쩔 수 없지 뭐. 난 전과도 있고."

"뭐? 전과?"

이거 말이다, 하며 오와다가 자기 눈썹과 바지를 가리켰다.

"지금까지 밥 먹듯이 교칙을 위반한 걸로도 모자라 이런 소동이 일어나게 하다니 어쩔 거냐고 다그치더라고. 특히 우리 담임이 화를 많이 냈어. 눈썹도, 교복도 깔끔하게 하고 다니지 않으려면 퇴학도 각오하래. 허허 영감님만은 나를 감싸 주더라."

"그건 말이 안 돼. 내가 교무실에 갔다 올게. 몰라도 너무 모르는 거 아냐? 그 자식들이 잘못한 건데 무슨 소리야? 오늘 일은 네 차림새와는 아무 관계도 없잖아."

오와다가 내 팔을 잡았다.

"됐어. 담임 말이 틀린 건 아니니까."

"뭐가 아니야?"

"왜 그런 차림새로 다니고 싶은 건지 곰곰이 생각해 본 적이 있느냐고 담임이 묻더라. 그런 차림으로 다른 사람을 겁먹게 하거나 위협하거나 남과 다르다고 생각하고 싶은 마음이 지금도 마음 어딘가에 있는 게 아니냐고. 그런 어정쩡한 태도가 옛날 친구들을 불러들인 거라고."

"아니야. 오와다 넌 그런 사람이 아니잖아."

"아니. 난 이도 저도 아닌 어정쩡한 태도로 지낸 게 맞아. 이런 말 하면 넌 화내겠지만 네가 그 녀석들한테 달려들었을 때 정말 깜짝 놀랐어."

"뭐?"

"결국 나는 진심이 아니었던 것 같아. 너랑 BB랑 같이 뭘

가 하는 건 재미있어. 하지만 그뿐이었어. 그래서 네가 그 녀석들한테 덤벼들었을 때 놀랐던 거야."

"발로 차고 뭉개고 그러는데도 화가 나지 않았다는 거야?"

"물론 화는 났지. 하지만 그 녀석들 말처럼 소꿉놀이 같은 짓을 한다는 생각도 떨쳐 낼 수 없었기 때문에 네가 달려들었을 때 깜짝 놀랐던 거야. 너는 진심이라는 걸 알았어. 하지만 나는 이도 저도 아니었어. 공부를 해서 이 학교에 들어오긴 했지만 한쪽 발만 들여놓았을 뿐 달라지지 않은 건지도 몰라. 그러니까 얼마 동안 나 혼자서 생각해 볼게. 담임한테도 앞으로에 대해 진지하게 생각하고 오라는 말을 들었어. 그럼 갈게. 오늘은 정말 미안했어. 기다려 줘서 고마워."

말을 마친 오와다는 눈도 마주치지 않고 등을 돌렸다. 화분 사이를 지나 빠르게 그 자리를 떠났다.

…말도 안 돼.

어이가 없어서 주위를 둘러보았다. 오와다가 진심이 아니라면 여기 있는 화초들은 도대체 뭐지?

처음 오와다와 여기서 마주쳤을 때와 지금은 전혀 다르다. 임기응변이라면 임기응변이었고, 푸른 잎과 꽃이 가득하게 만든다는 건 절대 할 수 없는 일이라고 생각했다. 하지만 지금 화분 숫자는 세 배가 넘게 늘었다. 화초들은 하나같이 싱싱하다. 원예를 갓 배운 초심자가 하는 수준이라고 하면 할 말은 없지만 어쨌든 화초들은 싱싱하게 자라고 있다.

씨를 뿌린 피튜니아와 스토크.

처음 오와다가 사 온 금송화.

내가 사 온 아프리카봉선화.

쇼지가 가지고 온 라벤더.

그리고 루피너스, 샐비어, 베고니아, 아메리칸블루, 제라늄, 일일초, 행운목.

모든 화초는 잎이 싱싱하게 살아났고 예쁜 꽃도 피웠다.

흙만 담겨 있는 화분은 오와다가 처음 씨를 뿌린 스토크 화분뿐이다. 싹은 이제 나오지 않을지도 모른다고 하면서 물은 열심히 주고 있다. 하지만 그것 말고는 모두 잎이 자라고 꽃을 피우고 있다.

혹시 오와다는 스토크 싹이 나오지 않아서 마음이 떠나 버린 걸까.

스토크 화분으로 가서 들여다보았다. 어둑한 가운데 쪼그리고 앉아 들여다보았다.

1밀리미터 정도의 작고 동그란 잎이 보였다. 눈을 더 가까이 들이댔다. 초록색 잎이었다. 아주 작은 떡잎. 그것도 하나가 아니다. 세 개, 아니 다섯 개가 나와 있다. 싹이다. 스토크가 싹을 틔웠다.

나는 뛰어갔다.

벌써 가 버린 걸까. 아직 학교 안에 있을까.

1학년 교실까지 뛰어 올라가 오와다네 반 교실을 들여다보았지만 없었다. 신발장을 지나 밖으로 뛰어나왔다. 정문을 향해 걸어가는 학생들의 모습. 하지만 오와다는 없었다. 벌써 정문을 빠져나간 걸까.

정문을 나서면 역까지 이어지는 길은 내리막길이었다. 학생들이 돌아가는 뒷모습 중에 오와다가 있는지, 아니면 벌써 멀리 가 버려 보이지도 않는 건지 알 수 없었다.

나는 소리쳐 오와다를 불렀다.

"오와다, 와 봐! 싹이 났어. 네가 뿌린 스토크 씨에서 싹이 났어!"

주위에 있던 아이들이 놀란 얼굴로 나를 보았다.

"싹이 나왔다고! 네가 뿌린 씨에서 싹이 났어! 오와다!"

저녁노을이 희미하게 남은 하늘 아래서 몇 번이고 불러 보았다. 하지만 오와다의 모습은 없었다.

이튿날과 그다음 날은 연휴라 사흘 뒤에야 학교에 갔다.

오와다는 학교에 오지 않았다. 다음 날도 오지 않았다. 여름방학 때 우리끼리 합숙을 가면서 가르쳐 준 휴대전화 번호로 몇 번을 걸어 보아도 메시지로 넘어가기만 하고, 문자를 보내도 답장이 없었다.

쇼지도 걱정하고 있었다. "선생님한테 가서 오와다 군의 주소를 알아내서 찾아가 볼까요?" 하고 제안했지만 그건 내키지 않았다. 오와다가 말한 것처럼 혼자서 생각하고 싶을 거다. 그 생각을 하니 전화나 문자를 몇 번씩 보낼 수도 없었다. 그렇게 일주일이 지났고 오와다는 결국 한 번도 학교에 나오지 않았다.

주말에 아버지가 말했다.

"오히간(お彼岸, 춘분, 추분을 전후로 열리는 불교 행사: 옮긴이)도 끝났고, 가 볼 때가 됐지?"

성묘하는 사람들로 북적거리면 어머니랑 차분하게 이야기할 수가 없을 것 같다고 아버지가 말했다. 그래서 늘 오히간이 끝나고 나서 성묘를 하러 간다.

묘지까지 차로 한 시간이 채 걸리지 않는다. 아버지가 주차장에 차를 세우는 사이에 나는 먼저 내려가 수돗가로 가서 양동이에 물을 받아 산소까지 날랐다. 산소 주위에 떨어진 낙엽이나 쓰레기를 줍고 바닥에 깔린 돌 사이로 나 있는 잡초를 재빨리 뽑고 비석에 물을 끼얹었다. 10년이 넘도록 몇십 번이나 해 오던 일이다.

아버지도 언제나처럼 주차장 옆 매점에서 세트로 판매하는 산소용 꽃을 사고 산소 앞에 있는 꽃병 두 개에 나누어 꽂았다.

"국화, 백합, 용담, 금어초."

나도 모르게 꽃 이름을 중얼거리자 참배를 시작한 아버지가 나를 돌아다보며 웃는다. 그러고 나서 다시 앞을 향해 서서 말했다.

"보고 사항이오. 다쓰야는 고등학교에서 원예반에 들어갔다는군."

아버지는 평소에는 조용히 속으로만 어머니와 대화를 나

누는데 오늘은 소리 내서 말했다.

"무슨 소리를 하는 거예요?"

내가 투덜거리자 아버지는 다시 앞을 향해 합장했다.

잠시 후 나랑 교대했다. 나는 언제나처럼 말없이 손을 모았다. 어머니는 내가 아기 때 병에 걸려 세상을 떠났기 때문에 사진으로밖에 얼굴을 알지 못한다. 내가 어머니를 향해 마음속으로 하는 말은 어릴 때부터 똑같다.

'나도 아빠도 건강하고 열심히 반듯하게 살고 있습니다.'

얼른 속으로 중얼거리고 나서 뭔가가 다르다는 생각이 들었다. 전에 성묘할 때는 느끼지 못했는데 뭐가 다를까. 눈을 감은 채 생각에 잠겨 다시 말해 보았다.

'하지만 늘 반듯하게, 는 아니라도 어떻게든 살겠지만….'

그리고 마지막으로 가장 걱정이 되는 사항도 보고했다.

'그리고 지금 무척 만나고 싶은 친구가 있습니다.'

10월 두 번째 주로 접어들자 하루가 다르게 시원한 날씨가 이어졌다. 화분도 여름꽃은 끝나고 가을꽃으로 바뀌었다. 오와다의 스토크 떡잎도 약간은 커졌다. 당번을 정해 물을 주고 일주일에 두 번 방과 후에 모인다. 가을 모종을 사다가 심고 비료를 주고 화분 갈이를 했다. 원예반은 소박하게 활동을 계속해 나갔다.

하지만 나는 언제부턴가 안절부절못하고 불안했다. 쇼지

가 집을 찾아가 보자고 했을 때는 거부했으면서도 10월 두 번째 일요일에 자전거를 타고 오와다를 처음 만났던 그 철로 옆 상가로 향했다. 이 부근에 오와다네 집이 있을 것이다. 혼잡한 거리를 몇 번씩 오락가락했다. 바보 같은 짓을 하고 있다는 생각이 들었다. 하지만 눈으로는 반짝이는 목걸이를 한 오와다를 열심히 찾고 있었다.

약국 앞은 오늘도 사람들로 붐비고 있다. 그 혼잡한 거리를 겨우 빠져나왔을 때 앞에서 와장창 큰 소리가 났다. 자전거가 도미노처럼 잇따라 쓰러진 것이다. 쓰러뜨린 사람은 체크무늬 셔츠를 입은 내 또래 아이였다.

도와주려고 얼른 자전거를 길가에 세웠다. 그때 오와다가 했듯이 조금 틈이 있는 중간 지점부터 한 대씩 일으켜 세우기 시작했다. 그 아이는 전에 내가 그랬듯이 뒤엉킨 핸들을 떼어 내려고 안간힘을 쓰고 있었다.

내가 이쪽 자전거를 모두 일으켜 세워도 아직 첫 두 대와 씨름하고 있길래 나머지도 내가 모두 일으켜 세웠다. 핸들이 엉킨 두 대를 겨우 떼어 놓은 그 아이는 나를 향해 고개를 꾸벅 숙였다.

"도와줘서 고맙습니다."

그 얼굴을 본 순간 나도 모르게 "어라?" 하고 소리 내서 말했다. 노팬티잖아. 하지만 노팬티는 내 얼굴을 보고도 알아보지 못했다.

"나야, 나. 시노자키."

노팬티는 작은 눈을 부릅떴다.

"정말 시노자키네."

나는 웃었다.

"이 길은 항상 이렇게 붐비더라."

노팬티는 여전히 놀란 눈으로 나를 보았다.

"다들 무시하고 지나가는데 참 친절한 사람도 있구나 싶었어. 그런데 그게 너였다니 정말 뜻밖이다. 무시하고 지나갈 녀석이라고 생각했는데."

느닷없이 따귀를 맞은 듯한 기분이었다.

양옆으로 살짝 처진 졸린 듯한 눈. 불그스름한 여드름투성이 얼굴. 여드름을 빼면 초등학교 때 모습과 하나도 달라진 게 없다. 노팬티라고 놀림을 받으며 울었던 아이. 억울한 별명을 갖게 만든 사람이 나였는데…. 노팬티는 그걸 알고 있는 것이다.

"미안해."

"어, 네가 왜 사과하는데? 방금 도움을 받은 건 나잖아."

"아니, 내가 잘못했어. 정말 미안해."

그 말밖에 할 수가 없었다.

그때 노팬티 뒤에서 다른 녀석이 자전거를 타고 왔다.

"무슨 일이야? 기다려도 안 오기에 다시 왔잖아."

태평스러운 얼굴 분위기가 노팬티를 닮았다.

"미안. 자전거를 쓰러뜨리는 바람에."

노팬티가 말하자 상대는 걱정스럽게 물었다.

"괜찮은 거야?"

"내가 쓰러진 게 아니라니까!"

"하지만 이거 네 짐이잖아. 떨어져 있었어."

그 녀석은 자전거를 탄 채 허리를 굽혀 길에 떨어진 가방을 집어들었다. 손으로 조심스럽게 흙을 털고 나서 노팬티에게 건네주었다.

"나도 몰랐어. 부딪힌 충격으로 떨어졌나 봐."

노팬티는 부끄러운 듯 말하고 나서 생각났다는 듯 나를 돌아다보았다.

"고등학교 친구야."

"아, 으응."

얼른 고개를 끄덕이면서 희한하다는 생각으로 노팬티를 봤다.

그랬구나, 이렇게 친구도 생겼구나.

"그럼, 또 보자."

노팬티가 자기 자전거로 돌아가려다가 돌아다보았다.

"시노자키, 고마워."

친구랑 나란히 그 자리를 떠나는 노팬티를 보고 있다가 기분이 상쾌해졌다. 처음에 오와다를 만났을 때도 이렇게 뒷

모습을 배웅했다. 검은 파카를 입은 모습이었다.

6개월쯤 전 일인데도 까마득한 옛날 일 같다. 오래전부터 오와다와 친구였던 것 같다.

그때 우리는 운명처럼 만나야 했던 친구였을까. 아니면 단순한 우연이었을까.

아니, 그런 건 아무래도 상관없다. 오와다를 만났다는 사실이 중요하다.

월요일 아침. 물 주는 당번이라 평소보다 일찍 학교에 갔다. 교실에 가방을 두고 창고 뒤로 갔다. 화분 서른 개가 나란히 놓여 있다.

오와다가 오지 않은 지 2주가 지났다. 이대로 학교를 그만둔다 해도 어쩔 도리가 없는 일이다. 되는 대로 지켜보는 수밖에 없다. 그래도 어떻게든 될 것이다.

창고에서 물뿌리개를 꺼내 물을 주기 시작했다. 화초들은 모두 싱싱하다. 그 녀석들 발에 짓밟혔던 화분도, 뒤집어졌던 화분도 시들거나 죽지 않았다. 과감하게 자른 만큼 전보다 꽃을 많이 피운 것도 있고 싹이 나온 화분도 있다. 씨앗부터 키운 피튜니아도 다시 봉오리를 맺었다.

오와다의 스토크 떡잎도 조금씩 커지고 있다.

"안녕!"

목소리가 들렸나 싶더니 오와다가 내 바로 옆을 지나 스토크 화분 앞에 쪼그리고 앉았다.

"스토크 싹이 이거야? 뭐야, 아직도 이렇게 작아?"

갑자기 눈앞에 나타난 오와다의 뒷모습.

"오와다!"

너무 놀라 내 목소리가 갈라졌다.

"너, 2주씩이나 뭘 한 거야?"

오와다가 휙 돌아다보며 자신의 눈썹을 가리켰다.

"이거, 원상 복귀하느라고 그랬지 뭐."

정말이다. 눈썹이 짙다. 검은 눈썹이 자라 있었다. 시원시원한 오와다 성격에 걸맞는 얼굴이 되어 있었다.

"자, 그럼 이제…."

오와다가 일어섰다.

"이제부터 이 스토크를 키워 줘야지."

오와다가 웃었다. 이제 이죽거리며 웃는 것처럼 보이지 않았다.

나도 웃으며 고개를 끄덕였다.

"그래. 무슨 꽃이 필지 기대된다."

그렇다. 이제 시작했을 뿐이다. 나는 물뿌리개로 남은 화분에 부드러운 물줄기를 뿌려 주었다.

양철북 청소년문학 15

원예반 소년들

1판 1쇄	2012년 3월 26일
1판 12쇄	2025년 11월 3일

글쓴이	우오즈미 나오코
옮긴이	오근영
펴낸이	조재은
편집	이혜숙
디자인	서옥
관리	조미래

펴낸곳	(주)양철북출판사
등록	2001년 11월 21일 제25100-2002-380호
주소	서울시 영등포구 양산로91 리드원센터 1303호
전화	02-335-6407
팩스	0505-335-6408
전자우편	tindrum@tindrum.co.kr
ISBN	978-89-6372-060-9 (03830)
값	12,000원

잘못된 책은 바꾸어 드립니다.